レモンソング

金色のレスポールを弾く男

これはフィクションです。

名称、人物、事象、会社名、組織名、バンド名、グループ名のいずれも作者の想像の産物であり、架空のできごとです。

現在、過去を問わず、実在の人物との類似は偶然です。

実名で登場する人物もいますが、時代感を出すための演出です。

CONTENTS 目次

I

Purple Piper

パープル・パイパー

伝説のフルート吹き

あれは私が三十五歳の時だった。

彼より八歳年上だから、はっきりと覚えている。

十七歳でデビューした彼が十周年記念にアメリカ・ツアーをすることになり、その公式レポーターの仕事が私にまわってきたのは、幸運としか言いようがない。

大沢さちおのインタビューや自伝は、デビュー時からずっと取材してきた中田喜代子がほぼ独占している。芸能人のみならず、スポーツ選手や歌舞伎役者の取材までみごとにこなす中田は、ルポライターとして群をぬいた実力で、私のような立場の者が近づくことさえできない領域に達していた。

しかし、ある事件が中田のアメリカ行きをはばんだ。普段、懇意《こんい》にしているメディアでさえ彼女の夫の逮捕を書きたて、とりわけ、彼女が相手にしなかった三流マスコミによるバッシングは陰湿だった。中田の夫でデザイナーのタカシが、麻薬所持の容疑で逮捕されたのだ。彼女は重要参考人として、一時的に海外渡航が禁止された。

大沢のアメリカ公演を二週間後にひかえ、彼のマネージメントは私を公式レポーターに指名した。

事情が事情だけに微妙な立場だったが、フリーランスで仕事をしている以上、このようなチャンスをみすみす逃すほど純真ではない。

大沢には一度だけ、インタビューをしたことがある。『日本のボブ・ディラン』、『日本のニール・ヤング』などと呼ばれる彼だが、主《おも》にロックの記事を書いている私には与《くみ》しやすい相手だ。その時期、売り出し中の若手女優と浮名をながしており、ゴシップ誌や芸能誌ではなくロック・ライターの私は、マネージメントにとっては安全パイだった。

大沢のアメリカ公演取材は各分野のメディア、それぞれ一社だけに許された。テレビ、ラジオ、スポーツ紙、週刊誌、男性誌、女性誌、音楽雑誌、そして私は通信社に配信する記事を書き、のちに書籍にまとめるという夢のような仕事だ。飛行機代、宿泊費、食費などはマネージメントが支払う、私たちの業界用語で表現するなら『アゴアシ持ち』である。

中田の夫に感謝すべきか、そんなことはおくびにもださず、「ずいぶん急ですねえ」と言いながら、いそいそとパスポートを確認した。

アメリカ・ツアー、とはいってもニューヨークの『ボトムライン』とロサンゼルスの『ロキシーシアター』、それぞれ三日ずつの日程だ。

ブルース・スプリングスティーンがブレイクするきっかけとなった『ボトムライン』での公演は、ファンクラブがツアーを組み、会員がチケットを求めて殺到していた。

両方の会場をよく知る私からみれば、たかだか三百人はいれば満員になる場所だ。しかし、大沢クラスの歌手やマネージメントのつき合い方を心得ているので、「『ボトムライン』ってそんなにすごいんですか？」と尋ねるテレビレポーターに、「ええ、ニューヨークでもあそこに出演できれば一流といわれています。ブルース・スプリングスティーンでさえ、三年かかりました」と、ちょっと尾ひれをつけて答えた。

今の時代の表現では、話を盛るとでも言うのだろうか。

驚いたことに公式フォトグラファーには、サンドラ・マーシャルが手配されていた。世界中のミュージシャンやモデル、俳優たちが、彼女に撮影を請《こ》うために日参する、とさえいわれている写真界の頂点にいる女性である。

アメリカ公演をコーディネートしたのは、ポール・カークランドのエージェントとしても有名な『ソウルシャイン』で、ここなら電話一本でマディソン・スクエア・ガーデンにブッキングすることさえ可能だ。

ともかく、私たち取材陣は十四人の大所帯になった。

大沢とバンド・メンバーたちはニューヨークのセント・レジス・ホテルに、私たちはヒルトン・ホテルに宿泊した。

ヒルトン・ホテルの斜め向かいにワーウィック・ホテルが見える。私が「ビートルズが初めてアメリカ公演をおこなった一九六四年に宿泊したのが、あのワーウィック・ホテルですよ」とテレビ・クルーに言うと、「おい、一応、映像をとっておけ。カットに使える」とディレクターの井口が偉そうにカメラマンに命令した。

広報担当の市川が部屋の鍵を渡しながら、「一時間後にロビーに集合してくれ。アメリカの責任者と通訳を紹介する」と言った。

旅装を解いた取材陣が三々五々、ロビーに集まってくる。

「エミリー？」

バリトンの声が響いた。

私の名前は、そう、絵美だが、エミリーと呼ぶ男はこの世界にひとりしかいない。

男はアタッシュケースを絨毯の上に置いて、両手を大きく広げた。そこにいた日本人たちは『なにごとだ』と、交互にふたりを見つめている。とっさに反応できず、口を半開きにしたまま突っ立っている私にためらうことなく歩み寄り、映画のワンシーンさながらに抱きしめて軽くゆすった。

「信じられない、エミリー。日本のメディアが来るときいていたから、もしかしたらきみもいるかと思っていた」

「ああ、なんてこと、ノエル！　あなたにここで会えるなんて」

ほかのメディアは『してやられた』と思っているに違いない。

これから十日間、コンサートと取材を主導するのはこの男だ。

市川は少し戸惑いながらノエルを紹介する。

「まあ、そういうことだ。音楽業界は案外ちいさい。彼はノエル・リチャードソン。ずっとポール・カークランドのパーソナル・マネージャーをつとめている。『ソウルシャイン』の国際部長でもあり、今回のすべてをブッキングした。コンサート会場内での取材は、彼の指示に従ってほしい。

これがアシスタントのグレゴリー。ノエルが現場にいなくても、グレゴリーが必ずいる」

紹介されたドレッドヘアーの青年は「ハロー、グレッグと呼んでくれ」と、日本人一行の顔をゆっくり見わたした。

「それから通訳のエリカさん。日系三世で日本語はちょっとあやしいが、わからないことがあれば、彼女を通してノエルかグレッグに尋ねてくれ。自分で判断しないで必ずアメリカのルールに従うように」

時差ボケを解消するためにも、ニューヨークやコンサート会場周辺を取材しようと意見が一致し、取材陣全員で街にくり出すことになった。

私にとってニューヨークは、一九七四年に半年だけ住んでいた勝手知ったる街だ。

タクシーでグリニッチ・ヴィレッジまで行くというテレビ・クルーに、「それより、地下鉄に乗ってみるのもいいですよ」と助言した。「それもそうだな」と井口が賛同したので、カメラマンたちも機材をかついで地下鉄に乗った。

地下道でギターを弾いているストリート・ミュージシャンを撮影し、さしでがましいとは思ったが、「十ドルくらい渡すのがマナーです」と言った。

そうこうするうちに取材陣に、私についていけばなんとかなる、と頼りにされるようになっていた。

グリニッチ・ヴィレッジに着くと、懐かしい『フィガロ』に彼らを導いた。「ここは五〇年代からずっと続いているビートニクやヒッピーのたまり場です」と、ツアーガイドよろしく言う。壁いっぱいに貼られたフランス語の新聞や、実は観光客なのにビートニクの雰囲気をかもしだす客を気に入ったらしい井口が、エリカを通して内部を撮影していいか、と尋ねている。

マスターは「客にカプチーノを奢《おご》ってほしい」と条件つきで承諾し、私が片手を開いたのを見た井口がカウンターに五十ドルを置いた。エリカは「これは日本のテレビだから、アメリカでは放映されない」と客たちに説明している。

マクドゥーガル・ストリートを歩いていると、路地のつきあたりに『カフェ・ホワッツ』

が見えた。

「あれがボブ・ディランが無名時代に歌っていたカフェで、それからも多くの有名人がここからデビューしたのよ」

当然、井口も取材陣も興味を示した。カフェの扉にはボブ・ディランの若いころの写真と共に、ディランの記事が載っている当時の『ヴィレッジ・ヴォイス紙』を拡大したパネルが誇らしげに飾られており、観光客がピースサインをしながら写真を撮っている。

昼間なのでドアは開いていなかったが、内部を撮影できないか交渉のため井口とエリカが裏口にまわった。

数分後、ふたりは首を横に振りながら出て来た。

ホテルに戻り、喫茶室で市川と取材スケジュールの打ち合わせをしているとノエルが現れた。

「あ、ちょうどいい、ノエルさんに訊いてくれないか？　高原さん。何ていった？　あのカフェ」

私はルールにのっとってエリカを通すように、と井口に伝える。

ノエルはエリカの説明を聴いていたが、「なんだ、そんなこと？」と、軽く笑ってアタッシュケースを開いた。

まだ珍しかった携帯電話を取り出し、その場で電話をした。

「レス？　ノエルだ。今日、日本のテレビ局が取材をしたいと行ったけど、断ったんだって？　何とか取材させてくれ。僕が担当している仕事なんだ。その代わり、お礼は考えているよ」

それだけの会話だった。大きな携帯電話をアタッシュケースに戻しながらエリカに言った。

「問題ない。詳しいことはきみたちで詰めるだけだ」

市川も満足げにうなずく。

「時差ボケから回復するため、今夜は十二時まで起きているように。ヴィレッジの『ブルーノート』に渡辺《わたなべ》香津美《かずみ》が出演している。そこで夕食も食べられる。七時にロビーに集合だ。カジュアルな服装でいい」

さすがにこのマネージメントのやることはそつがない。

取材陣が部屋にひきあげ、期せずして公認の仲になってしまった私とノエルは喫茶室で向かい合った。

二年前の冬、いえ、オーストラリアは夏だった。ポール・カークランド来日直前のツアーを二週間にわたって取材した時、パーソナル・マネージャーのノエルと出会い、ほとんどの夜を彼の部屋で過ごした。結局、逮捕歴を理由にポールのビザが取り消され、日本公演は実現しなかったが、バンドがイギリスに帰ったのち、彼だけオーストラリアから東京にやって来て、今はもうなくなった溜池《ためいけ》のヒルトン・ホテルに一週間滞在した。

私はノエルの部屋でワープロをたたき、彼しか知らないポールのエピソードも織り込みながら、すばやく原稿をしあげた。それから浅草に行き、隅田川をクルーズし、夜は割烹料理店で肩をよせあって日本酒を酌み交わした。オーストラリアではポールやマネージャーたちが頻繁《ひんぱん》に部屋に来るため、時計を気にしながらのあわただしい毎日だったが、東京では時間も人目も気にすることなく、一日中ベッドでじゃれあったり、六本木のクラブに遊びに行ったりした。

ノエルは七〇年代にプログレッシブ・ロック・バンド、パープル・パイパーでフルートを吹いていた。ヒットチャートもにぎわす人気バンドだったが、メンバーのひとりが恋人を殺して自殺をするという事件をおこし、それも一因でバンドは解散した。

パープル・パイパーは伝説のバンドとなり、三枚のアルバムはマニアのあいだで数万円のプレミアム価格で取り引きされている。ノエルは今でも請《こ》われて、さまざまなバンドのレコーディングでフルートを吹くことがある。

「また会えてうれしいよ、エミリー。オーストラリア、日本、アメリカ、次はどこかな?」

テーブルの上で手をからませながら、二年前よりちょっとふっくらした彼の顔を見た。

「さあ、ブラジルかもしれないわね」

ブランドのスーツに紺色のシャツ、ウォール街の一流ビジネスマンのようないでたちだが、長い金髪をポニーテールにまとめている。

「元気にしていた？　ここにいるってことは仕事も順調だということだよね」

まさか本命の記者が脱落したため、私はピンチヒッターだなんて言えない。

「ええ、Not too good, but not too bad ってところ」

私が外国人の知り合いによく使う、お気にいりの表現だ。

「エミリー、僕とまた二週間、恋におちたい？」

この男の、もってまわった言いまわしは嫌いではない。

「たった二週間？」

「あいかわらず意地悪だな。僕は結婚している。きみだって、ほら、ベーシストの恋人がいるじゃないか」

「あいつとは別れた。最低の男だったたわ」

ノエルは声をたてて笑った。

「知っているよ。ドイツのガールフレンドが妊娠して、結婚するらしいってことも」

私は首をかしげた。

『どのベーシストの話をしているのかしら？』

まったくの偶然なのだが、私の情事の相手はなぜかベーシストばかりだ。

「ああ、それはロバートね。彼とはとっくに別れて、それからデイヴ・リドリーと少しのあいだデートをしたわ。でも、彼も昔の恋人と結婚してしまった」

デートとはいっても、私がイギリスやベルギーに住んでいた時期や、バンドのツアーに数週間同行する程度で、まだ、遠距離恋愛などという気のきいた表現がなかった時代だ。

「ちょうどいい、僕も知りたいんだけど、大沢さちおって日本ではそんなにビッグなのかい？」

彼はサチオ・オーサワではなく、はっきり大沢さちおと発音した。

「レコードを出せば必ずミリオンセラーになるし、チャートの一位を三ヵ月は独占する。野球場に五万人の観客を集めることも簡単だわ。武道館は五日間、満員になる。だけど五日間とも同じファンが来るの」

彼もその意味をくみとってフッと笑った。

「つまりコアなファンがいるってことだ。『ボトムライン』の客席を毎日、四十席確保してくれというリクエストがあったよ。『ＵＳＡトゥデイ』、『ローリング・ストーン』、

『ニューヨーク・タイムズ』、『ヴィレッジ・ヴォイス』などに広告もうったし、ジャーナリストや有名ＤＪも多く招待している。一流は無理だけど、そこそこ名のあるミュージシャンも見に来る。彼の音楽はレコードで聴いただけだが、まあ、悪くはない、という程度かな」

「伝説のフルート吹き、ノエル・リチャードソンさまに『悪くはない』と言ってもらえるだけでも十分だわ」

「おいおい、僕はすでに伝説なのか？」

テーブルの下で、大きな手が私の腿《もも》をなでている。

「この十日間のツアーを本にまとめるという重要な仕事なの。ポールの時と同じように、あなたに協力をお願いするかもしれない」

「だけどみんなの前できみだけを特別扱いはできない。それはわかってくれるよね」

彼の目を見てうなずく。

緑がかった青い目、エメラルド・ブルーというのだろうか。もっとも、私は本物のエメラルドは見たことはないが。

パープル・パイパー時代、金髪をゆらしながら恍惚の表情でフルートを吹き、多くの女性を魅了した長身の男は今も圧倒的なオーラを放っている。

着替えのため部屋に戻ろうとバッグを肩にかけ、最後の質問をした。

「で、この仕事をひきうける時、日本からいくらの金額を提示されたの？」

「ああ、エミリー、僕はベッドでのきみが世界一好きだ、だけどジャーナリストのきみは世界一嫌いだ。

金の話は墓場までもって行く。知りたいのなら僕の墓碑銘《ぼひめい》にきいてくれ」

優秀なビジネスマンの証《あかし》だ。

私は複雑な笑いを浮かべながらも、『わかっているわ』と目で伝えた。立ちあがった手をノエルが握り、手のひらで隠しながらホテルのカードキーを渡した。

「いつでも……僕が部屋にいなくても来ていいよ」


『ブルーノート』での渡辺香津美のコンサートはすばらしいものだった。取材スタッフに彼の知り合いがいたこともあり、ギグが終わってからも飲みながらニューヨークのジャズ・シーンの話で盛り上がった。

渡辺香津美はこの数年後、ビル・ブルーフォードとジェフ・バーリン（あら、また私の好きなベーシストだわ）と組んで、『スパイス・オブ・ライフ』という名盤を発表し、世界でも評価されるギタリストになる。

ホテルに帰ると十一時だ。ミネラルウォーターを飲もうと冷蔵庫をあけると、クリスタルのボウルが入っており、大粒のイチゴがきれいに並べられている。

［Strawberry fields forever, to my Emily］と書かれたカードも添えられていた。

ノエルの部屋に電話をした。

「ヤッ！」と歯切れのいい返事がきこえる。

「今から、イチゴを持って行くけどいいかしら」

「エミリーとイチゴと伝説のフルート吹き。新しい曲ができそうだ」

キザでお茶目な、それでいて洗練されたいつものノエルだ。

翌日の午後、ニューヨークのＡＭ局とＦＭ局、一社ずつが大沢をインタビューした。いずれも通訳を介しての録音で、質問と答えはあらかじめインプットされているという簡単なものだ。

市川が「好きなバンドは？　って質問されたら何と答えるのがいい？」と訊くので、

「大沢さんの作風からすると、ボブ・ディランとブルース・スプリングスティーンと答えるのが無難《ぶなん》でしょうね。ディランは自分の父親が聴いていて、何てひどい声の歌手だろうと驚いた、と言えば現実味があると思うわ」とアドバイスしておいた。

大沢には早くも、日本から追いかけて来たファンが一ダースほどつきまとっている。

『ボトムライン』での公演は、三日間とも大盛況のうちに幕を閉じた。観客の多くはアジア系の若者だったが、アメリカのメディアのレビューはいずれも高評価で、ノエルの辣腕《らつわん》ぶりがここでもいかんなく発揮されている。私はコンサート会場の内外で、十人あまりのファンをインタビューした。日系、韓国系、ベトナム系の若者が多い中、日本のアニメや文化に興味をもっているという生粋《きっすい》のアメリカ人もいた。

サンドラ・マーシャルのフォト・セッションは、メディアを完全にシャットアウトしておこなわれた。それだけは残念だったが、あれほどの高名なフォトグラファーだから仕方がない。彼女が撮影したポートレートは数ヵ月後に発売された新作のジャケットに使用され、業界で大きな反響をよんだ。

『カフェ・ホワッ』を訪れた時、最初とはうってかわった対応に井口たちは驚き、テレビ・クルーも「いい映像が撮れた」と大満足だったが、それだけでは終わらなかった。

カフェのマネージャーが「ノエルからこの坊やが何曲か歌ってくれるって聞いているが」と、驚くべき言葉を発した。

もちろん取材スタッフにすれば、これほど魅力的な映像はない。デビュー前のボブ・ディランが演奏したカフェで、『日本のボブ・ディラン』が演奏をするのだ。最初は準備ができていないと尻ごみした大沢も、その夜の出演者がギターを渡すと、ディランの〝ドント・シンク・トゥワイス〃と自分の持ち歌を一曲歌い、そこにいた五十人ほどの客から温かい拍手をもらった。

ニューヨークのコンサート、街での取材、フォト・セッションなどを終えると、ロサンゼルスに飛び、音楽関係者たちの定宿《じょうやど》として知られる『サンセット・マーキー』に全員が宿泊した。

ここまで万事が万事、順調にはこんでいる。取材陣も市川も、ノエルの魔力にひれふすばかりだ。私たちは冗談半分に彼のことをミダス王と呼んでいたほどだ。

ベッドサイドの電話が鳴った。

「シット！」

ノエルは舌打ちをしながらも受話器をとった。

そして今度は「ダァム、シット！」と「ダァム（ちくしょう）」が加わった。

「一分後にきみの部屋に行く。それまで何もするな」と言っている。

『一分後……？　彼のペニスはまだ私の中にあるのに一分後だなんて』

私の両ほほにキスをし、ゆっくりとペニスをぬきとる。それは彼の表情と同じように、急速に力を失った。

「すまない、緊急事態だ」

三秒ほど考え、「きみも一緒に来てくれ。多分、手伝ってもらうことになる」と、服を着るようにうながした。

いろいろなバンドのツアーに同行取材した経験がある私には見当がつく――女かドラッグ、または両方だ。

エリカの部屋をノックすると、興奮している彼女は早口で、しかし小声で何かを言い、ノエルがうなずき三人は大沢の部屋に向かった。

部屋の前に立つと、大音量でロックが聞こえてくる。

ノエルはドアをノックしようとする手をはたと止め、私に指示をする。迷わず彼の言うことを実行した。

「大沢さん？　高原です。私もいいコカインを持ってきたの。秘密は絶対に守るから仲間に入れて？」

音楽のボリュームが少し落とされ、ドアの内側から大沢が答える。

「高原さん？　本当？　書かないって約束してくれる？」

「だって私も同罪だから書けないわよ」

そこまで言うと鍵をはずす音がした。

少し開いたドアにノエルがブーツを履いた足をさしこみ、驚く大沢の口を手でふさぎ、私とエリカを部屋におしこむとドアを閉めた。大沢は後ろ手で女たちに寝室に隠れるように合図をしたが、ノエルの動きは俊敏だった。

五分前まで私とベッドで睦《むつ》みあっていたとは思えない変身ぶりだ。

「音楽を止めろ、女たちを外に出すな」

ノエルがポニーテールを結び直しながら言う。

若いエリカはほとんど泣きそうになりながらも、一語一語を忠実に通訳した。

「大沢さん、よく聞いて。私たちはツアーを成功させるだけでなく、あなたを守る役わりもあるの。契約書にはドラッグで問題を起こしたら、その瞬間にすべての契約がキャンセルされ、あなたのマネージャーが莫大な違約金を払う、と書かれている。そんなことが日本に伝わったら、どんなに悲しいかわかる？」

ただたどしい日本語だが、大沢もさすがに事の重大さを理解したようだ。

エリカが続ける。ノエルは冷静をよそおってはいるが、内心はおだやかではないはずだ。

「だけど私もミュージシャンだから、あなたに対して悪魔のような仕打ちはしたくない。今晩のことは、私たちだけの秘密にしておくから、今から言うとおりにして。そうすれば市川さんにも話さない」

ノエルは私にキチネットから、ペーパータオルをロールごと持ってくるよう命じた。テーブルの上に並んでいるコカインのラインを、濡らしたペーパータオルで包みこむように拭きとり、今度は私を浴室に走らせそれをバスタオルでくるむ。そして慣れた手つきでテーブルの上にバーボンを流し、アルコールで拭いた。

エリカが寝室から女をひとりずつ連れてきた。

ノエルは女たちを尋問し、ＩＤカードを見せるように要求している。名前とＩＤ番号をホテルの便せんに書き写し、それからソファに座らせた。その役目は私だった。コークでハイになっている女たちを落ちつかせると同時に、ポケットやブラジャーの内側からコカインの小袋を抜き出す。実はこういうことをするのは初めてではない。

だけどいつ、どこで、これと同じことをしたかは別に書く必要はないでしょう。

「いいか、二度とこの日本人には近づくな。今度は僕ではなく警察が来る」

私とエリカは、四人の車がホテルを出るのを確認して大沢の部屋に戻った。驚いたことにノエルと大沢がソファに並んで、ギターを弾きながらビートルズの曲を歌っている。

私は内心『なんとすごい男だ』と感嘆した。

あれほどの修羅場をあっという間におさめ、なにごともなかったかのように大沢の気持ちを鎮《しず》めて、友だちとして接している。

「じゃあ、この曲知ってる?」と、大沢がニール・ヤングの〝ハート・オブ・ゴールド〟をハミングした。ノエルも一緒にギターを弾き、歌い始めた。彼のバリトン・ヴォイスと、大沢の甘い歌声が不思議に混じり合う。

ノエルの恫喝《どうかつ》がきいたのか、それともコカインのせいなのか、大沢は上機嫌だ。

『私たちは部屋を出ましょうか?』とノエルに目で問いかけたが、「ああ、コーヒーをいれてくれないか? サチオ、コーヒー飲むよね」と英語で大沢に言う。

ふたりで何曲か歌ったあと、「サチオ、ちょっとしたサプライズがある」と意味ありげにほほ笑んだ。

「なに? びっくりすること?」

「そう、僕がきみの敵ではなくて、やさしい味方だって証拠をみせてあげるよ」

そう言ってギターでワンフレーズを弾くと、大沢は「えっ! まさか」と口に手をあてた。

演奏し始めたのは大沢のビッグ・ヒット〝愛は孤独〟だ。

ノエルは大沢を見つめて、日本語で歌っている。たどたどしい発音ではあるが、私たちの驚きは尋常ではなかった。我に返った大沢も途中から歌に加わって、期せずしてそれは美しいデュエットになり、私もエリカも、そして大沢もうっすらと涙ぐんだ。

大沢のアメリカ公演が大成功であったことを、同行したすべてのメディアがありのままに伝え、とりわけ『カフェ・ホワッ』への飛び入り出演は、夢のあるエピソードとしてファンやマスコミに喧伝《けんでん》された。

アメリカから帰って二ヵ月がたち、ツアーのルポルタージュを校正し終え、あとは出版を待つばかりだった。

クリスマスも近いある夜、東京には三十センチの雪が積もり、交通機関がマヒしたとニュースで言っている。

真夜中をまわったころ、CDを聴いていた。最初はロックの効果音かと錯覚したが、玄関のチャイムが鳴った。酔っぱらったマンションの住民が間違えて押しているのではと思い、玄関の灯りをつけないまま覗くと、マフラーで口元を隠してはいるが大沢さちおが立っている。

いや、もうひとりいた。女の肩を抱いている。

「大沢さん？」

「高原さん、お願いです。とりあえず入れてください」

こんな寒い中、大沢を外に立たせておくわけにはいかない。

「どうしたの？」

ドアを開けると大沢と女が入って来た。ふたりの肩に雪がついている。

女は雑誌でよく見るハーフのモデルだ。

「すみません。ちょっと困ったことになって」

事情はどうであれ、ふたりを居間に通し、熱いお茶を出した。

「本当にごめんなさい」

モデルの女もコップを両手で持ちながら頭をさげた。

「実はセイラはこのマンションの近くに住んでいるんだ」

「だけど大沢さん、なぜ私のマンションを知っているの？」

「覚えています？　先月、マネージャーに『ジャクソン・ブラウンの新しいアルバムが届いたばかり』と話したことがあるだろ？　そうしたら僕に聴かせたいから借りたいという話になって、マネージャーがここに借りに来た。あの時、僕も同じ車に乗っていた。五反田のソニー本社の三軒先、屋上にチョコレートの看板があるマンション、それを思い出したんだ」

「だったら、彼女のマンションに行けば？　そばなんでしょ？」

私はちょっと皮肉をこめて言った。

セイラと呼ばれるモデルは、私のきつい口調に泣きだした。

「それがまずいことになっちゃって。セイラのマンションでエレベーターに乗ろうとした時、彼女がエレベーターの隙間《すきま》に鍵を落としてしまった。時間が時間なので管理人がいなくて、ホテルに行こうとタクシーを待っていたけど、一時間もタクシーがつかまらない。そうだ、高原さんのマンションがそばにある！　きっとなんとかしてくれる、そう思って来たんだ」

私は大沢の二度目の共犯者になろうとしている。

次の年、ポール・カークランドが久々にアルバムを発売した。

レコード会社から届いたサンプル盤を見て、私は慟哭《どうこく》した。

〝エミリー〟というタイトルの曲は、こんな歌詞で始まっていた。

――人ごみの中できみの国の言葉をきいた――思わずエミリー？　と振り返ると愛らしい黒髪の少女がふたりいた――僕の声に驚いたようだが、きみの国の言葉でハローと言い、そして、空港でいつも言うあの言葉――『さようなら』――と言った。

ポールは『さようなら』と日本語で歌っており、この歌詞のエミリーが日本人であることは世界の誰にも明白だ。

作詞作曲は、ポール・カークランドとノエル・リチャードソンとクレジットされている。

しばらくして、バハマ諸島から美しい絵はがきが届いた。

——いとしいエミリー、僕のラブレターをポールに託《たく》した。聴いてくれた？


私は五十二歳で大病を患《わずら》い、それを機にライターの仕事をやめた。

『きみがその気になるまで気長に待つから』とプロポーズした男が三人いたが、私が四十歳をすぎたころから次々に結婚して、連絡も途絶えた。

五反田のマンションを売り、前から計画していたようにモスクワとサンクトペテルブルクに、都合《つごう》八年住んだ。最初の二年は語学学校に通い、モスクワの日本商社に職を得て、契約書の作成や通訳をし、長い休暇をとってはロシアの町や村を旅してまわった。

私は六十ヵ国近くに行ったことがあるが、これまでの常識が通じない、この国のカオスが好きだ。

そのころすでにインターネットという便利なものがあり、スカイプやフェイスブックで日本や世界の友人たちと頻繁に連絡をとりあっていた。

「絵美、知ってる？　大沢さちおが五十歳になったのをきっかけに自叙伝を発売したの。これまでのゴシップや女性たちとのセックスも赤裸々に書かれた、それはそれはセンセーショナルな内容で、絵美のこともいっぱい出てくる。ドラッグ体験も告白しており、業界は騒然となっているわ。

私も読んでいて、もう信じられない！　こんなことがあったの？　と思わず叫んだわよ」

ライター時代からの親友、裕子がパソコンの画面に本の表紙を写している。

「どうやらさちおは絵美が好きだったみたい。ここでは話しきれないから本を送るわね。ショックを受けるかもしれないけど、絵美がとってもすてきな女性だというふうに書かれているの」


『ヰタ・セクスアリス――大沢さちお、愛とエロス』

なんとも古風な、そして扇情的《せんじょうてき》なタイトルの本で、上半身裸の写真が表紙になっている。

二十九歳の時に生まれた息子が成人したのをきっかけに、これまでのラブライフをふり返る余裕ができたこと、また、メディアが勝手に作り上げたゴシップやスキャンダルは捏《ねっ》造《ぞう》されたものが多く、真実を語ることによって本当の大沢さちおを知ってほしい、そのために書いた本だと序文にある。

ずっと日記をつけていたので、もし疑いをはさむ人がいたら異論は受け付ける、という一行もあった。

ロサンゼルスのコカイン事件も、正確に書かれている。

――その時、『僕のミュージシャンとしての人生もこれで終わりだ』と覚悟したが、すべてを救ってくれたのがノエル・リチャードソンだ。マネージャーから、彼は昔、有名なミュージシャンだったという話は聞いていたが、あんなにかっこいい男に出会ったのは最初で最後だ。

日本で次の作品をレコーディング中、ふと彼の名前を口にしたら、そこにいたすべてのミュージシャンばかりか、プロデューサーやエンジニアまで『まさかね、本当にあのノエルなのか？』とあのをつけた。

背が高くて美しい金髪のハンサムな男だと話すと、間違いないと異口同音に言い、彼が〝愛は孤独〟を日本語で歌ってくれたことも話すと、その日のレコーディングは続行不能になるほど、ノエルの話題でもちきりになった。

ノエルはライターの高原絵美さんの恋人だった。

ポール・カークランドの〝エミリー〟は、彼がポールに託したラブレターだというのは有名だ。

あのような男に愛される高原さんに嫉妬した。

――僕はストーカーさながら、高原さんのマンションをつきとめた。ある雪の夜、タクシーがつかまらないことを口実に、マンションのチャイムを鳴らした。彼女は『困ったわね』と言いながらも部屋にあげてくれた。僕はパープル・パイパーのレコードをかけてくれるように頼み、ノエル・リチャードソンのフルートが流れる中、彼女の服を一枚一枚はぎとった。ノエルというすべての魅力をもつ男へのジェラシーであり、彼への復讐でもあり、高原さんを征服することで自分を彼と同じ高みにおけるという稚拙《ちせつ》な考えからだった。五歳年上の高原さん――その時は僕の中でエミリーになっていた――の全裸は天女のように美しかった。あのノエルに愛されている人の白い肌、僕は発狂しそうになり、エミリーにくちづけしながらベッドルームに運んだ。

そこまで読んで、私は本を閉じた。

――大沢くん、あれから数日後、ひとりで部屋に来た。そして私の服をぬがせたのも事実だわ。でも、ベッドには行かなかった。シャワーを浴びるようにとあなたを浴室に入れると、部屋を出て友だちの家に走った。シャワーから出たあなたは怒り、パープル・パイパーのレコードをひどく傷つけ、翌日、私がマンションに帰った時には消えていた。

私とノエルは出会ってからほぼ三十年間、世界中のありとあらゆる都市で逢瀬《おうせ》を重ねた。ふたりとも奇妙な放浪癖を共有しており、『今、成田空港に着いたばかりだ』と突然、電話があったのも二度や三度ではない。

　フランスでサッカー・ワールドカップを観戦し、白夜のサンクトペテルブルクで真夜中に橋が開くのをながめ、ベニスのムラーノで花瓶を買い、フェズの路地で迷い、イビサで朝まで踊り、フィヨルドをクルーズし、ドゥブロブニクのヌーディスト・ビーチでたわむれ、カッパドキアの洞窟を探検し、サンティアゴ・デ・コンポステーラを巡礼した。

　お互いに太り、彼が子供たちの写真を見せ、私の新しいベーシストを詮索《せんさく》し、時々、大沢さちおの名前が出て、エミリーの人生を彩った。

　モスクワのプロスペクト・ミーラ《平和大通り》のアパートの窓辺に座り、ロシアでの生活もそろそろ終わりにしようと考えていた。

　ある朝、フェイスブックを開くとポール・カークランドの公式ページに、すっかり太って、銀色になった髪をやはりポニーテールにしたノエルの写真が載っていた。

『長いあいだ僕のパーソナル・マネージャーをつとめ、多くのファンにはパープル・パイパーのフルート奏者としても知られるノエル・リチャードソンが、生まれ故郷のボーンマスで家族にみとられながら永久《とわ》の眠りについた。彼の貢献なくして、今の僕は存在しえない。友よ、病《やまい》との闘いは終わった。どうか静かに休んでくれ』

II

Coyote

コヨーテ

ジャコ・パストリアスに捧げる

ロサンゼルスのサンセット・ブールヴァード。高級ホテルの地下にある会員制クラブ『スターズ』には、さまざまな伝説が残されている。一九五〇年代に映画関係者のたまり場として評判のクラブだったが、ホテルのオープンと同時に現在の場所に移った。

七〇年代にオーナーが替わったのをきっかけに、ロック関係者が集まるバーを兼ねたラウンジとして脚光をあびるようになる。

しかし、誰もがふらりと立ち寄れるクラブではなく、ミュージシャンとその同伴者、あるいは信用ある音楽関係者の紹介がなければ入り口で丁重《ていちょう》に断られる。提供される食事はいわゆるヌーベル・キュイジーヌ。ゲイのオーナーの意向で、フランス人シェフもウェイターもゲイ、ウェイトレスはレズビアンという変わった趣向も話題になった。

二〇一八年の現在に至るまで、そのポリシーはまったくゆらぐことがない。

一九九二年に著名な作家が『スターズ伝説』というノンフィクションを発表した。七〇年代から八〇年代末にかけて、夜ごとロック・ミュージシャンたちがつどい、情報を交換し、新しいバンドの構想や夢を語り、レコード会社やプロデューサーがダイアモンドの原石を磨きあげる錬金術をほどこし、有名・無名の女たちがミュージシャンを奪いあい、バンドが誕生し、喝采を浴び、やがて壊れていく様《さま》が赤裸々に語られている。

ジェフリー・ハモンドにまつわる『スターズ伝説』はこう書かれている。

――一九九一年三月××日、二ヵ月前にジェフリー・ハモンド・トリオを解散したばかりの彼が、夜の十一時にふらりと店に現れた。その日はジェフ・ベックとエリック・クラプトンが久しぶりの再会を祝して、音楽仲間や女性たちでにぎわっていた。誰かがふたりにジェフリーがやって来たことを告げると、エリックとジェフは同時に椅子を蹴って立ちあがり、ジェフリーのところにやって来た。

挨拶もそこそこに、ギタリストたちはまるで歌手がハモるかのように同じ言葉を発した。

「ジェフリー、僕の次のアルバムでベースを弾いてくれないか」

「ジェフリー、僕の次のバンドでベースを弾いてくれないか」

三人は爆笑し、肩をたたき合って同じテーブルを囲んだ。

十二時を過ぎたころ、スティーヴ・ルカサーとラリー・カールトンが息をきらせて入って来た。

「ジェフリーが来てるって聞いたんだが」

ウェイターがふたりを案内すると、スティーヴとラリーも興奮気味にハモった。

「ジェフリー、僕たちの次のツアーでベースを弾いてくれないか」

一九九三年の秋、ジェフリーはこの時にプロポーズされたギタリストのひとりとバンドを組み日本公演をおこなった。

大倉瑤子《おおくらようこ》は『ミュージック・ワールド誌』からの依頼で、ジェフリーのインタビューをする幸運に恵まれた。ベーシストとして頂点を極めるジェフリーだが、奢《おご》ることもなく一時間のインタビューに気持ち良く応じてくれた。フィラデルフィア出身の彼はきれいな英語を話し、言葉やたちふるまいは洗練され、仲間やファンから『哲学者《フィロソファー》』というニックネームで呼ばれているのも納得できる。父親は大学教授、母親は心理学者という家庭に生まれ、ロックファンのあいだでは『無駄に豪華なバックグラウンド』と揶揄《やゆ》されているほどだ。

例の『スターズ伝説』はつとに有名で、エピソードはデフォルメされ、リー・リトナーとパット・メセニーもクラブにとんで来て、自分のバンドに参加してくれるように懇願したともいわれている。

瑤子がそのことを尋ねたが、「伝説は伝説のままでいいさ」と軽くいなされた。

今夜から二日間、武道館で公演がある。瑤子とカメラマン、編集者たちはホテルのコーヒーハウスで時間をつぶし、九段下までタクシーに乗った。

武道館の招待者受け付けでチケットを受け取っていると、レコード会社でジェフリーを担当している太田が瑤子を見つけて手招きした。

「大倉さん、待っていたよ。ジェフリーがコンサートのあと、バックステージに来てほしいって言っている。はい、これがパス。大倉さんのインタビューがすごく良かったので、もう少し話がしたいって言っていた」

それは、ウソだ。

ジェフリーがウソをついている。

十年間もミュージシャンのインタビューをしていると、一年にひとりやふたり、そんな男に会う。テープレコーダーを止めてひきあげようとすると、「僕の部屋は××、今晩十時に」と耳打ちするヴォーカリスト、「七時にバーで会える？」と堂々と誘うドラマー、「きみの電話番号は？」と訊くギタリスト。

しかしジェフリーのウソほど魅惑的なウソがこの世にあるだろうか？

スーパー・ギタリストとスーパー・ベーシストの豪華なコンサートは、期間限定のセッション・バンドとはいえ期待をはるかに超える充実した内容で、武道館の一万人の観客は何度もアンコールを要求した。六時半に始まったコンサートは九時半にようやく終わった。ジェフリーのウソに騙されたふりをする瑤子も幸せな共犯者である。バックステージに向かうと、顔見知りの警備員がいたが、パスを見ると軽くうなずいた。

武道館にはいくつかの控え室があるが、コンサートで使用されるのは主《おも》に二部屋だ。ひとつはミュージシャンとコンサート関係者のみが立ち入ることができる楽屋で、楽器や衣装が置かれており、たとえ妻といえども入室は許されない。男たちが全裸になったり、ステージに上がる前なので神経質になっているからだ。

もうひとつは女性やメディア、家族が入ることができる二十畳ほどの大きな部屋で、テーブルに軽食や飲み物が並べられている待合室だ。知り合いのプロデューサーと日本人ミュージシャンが数人、アメリカから同行してきたカメラマンと友人らしい外国人がいた。コンサート直後のミュージシャンたちは興奮をさまし、衣装を着替え、それからこの部屋にやって来る。

これまでの経験からすると三十分はかかるのだが、その日は十分ほどではしゃぎながら全員が入って来た。

「ハ〜イ、ヨーコさん、どうだった？　僕らのコンサートは？」

ジェフリーもほかのメンバーも機嫌がいい。いろいろなバンドで何度も日本公演を経験している彼らだが、観客の反応に強い手ごたえを感じたようだ。

世界ツアーの最初の地に日本を選ぶバンドは多い。

口の悪い人は『日本公演はリハーサル』というが、確かに批評性においてあまり辛辣《しんらつ》ではない日本の観客とメディアは扱いやすい。

一九九一年に日本公演をしたジョージ・ハリスンとエリック・クラプトンの奇跡のコラボ・ツアーは日本が初演で、その後のワールド・ツアーはついに実現することはなかった。

「ジェフリー、バックステージ・パスをありがとう。すばらしいコンサートだったわ。あなたのベース・ソロにも驚かされた」

瑤子は昼間のインタビューの時より緊張していた。

「ヨーコさん、今からミスター・フジワラの招待でディナーに行くんだ。きみも一緒に来てくれるよね。ミスター・フジワラには伝えてある」

世界でも屈指のプロモーター、藤原社長招待のディナーに同行……。瑤子は内心『それって最悪の展開』と思った。人生経験豊富なはずのジェフリーの天真爛漫さがうとましい。しかし躊躇《ちゅうちょ》する暇さえあたえられず、黒塗りの車におしこめられた。

来日するミュージシャンが必ず訪れることでも有名なステーキハウスに、四人のミュージシャンとマネージャー、それに藤原社長が顔をそろえた。女性を連れているのはジェフリーとギタリストだけである。藤原社長はもちろん瑤子のことをよく知っている。

「社長さん、ご相伴《しょうばん》させていただきます」。瑤子は挨拶をした。

女性を同伴するミュージシャンは珍しくはないが、それが音楽ライターの大倉瑤子となると話は別だ。

ソをついた。


「大倉さんのインタビューがとても気に入っているらしいですよ」と、藤原社長も同じウソをついた。

　芸術的な手さばきで肉と野菜を焼くシェフが皿に盛ってくれた料理の味などわからない。そばに座る瑤子に、ジェフリーが紳士的な態度で接してくれたのが救いだった。

　一時間ちょっとのあわただしい食事だったが、真夜中を回ったところでまた車におしこめられた。ジェフリーとギタリスト、そのガールフレンドの四人はホテルに向かった。大きな通りを走っている時、ここで降ろしてほしいと運転手に伝えようとしたが、まるで瑤子の心を読んだかのようにジェフリーが手に何かを握らせた。ホテルの部屋の鍵だ。ここで逃げ出すとジェフリーが恥をかく。黙って鍵をジーンズのポケットにしまった。

　ホテルに着くと「僕たちは明日の打ち合わせがあるから、あとで」とささやき、メンバーとバーに入って行った。瑤子は泰然《たいぜん》とロビーを横切りエレベーターに乗り、鍵をちらっと見て部屋番号を確認し二十五階を押す。まわりに人がいないのを見て部屋の鍵をあけた。豪華なスイートルームだ。男の甘ずっぱい匂いがする。椅子の背もたれにジーンズがひっかかっており、ベッドの上にトレーナーが裏返しのまま脱ぎ捨てられている。

　テーブルの上にあった英字新聞をめくっていると、十分もしないうちにチャイムが鳴った。ドアスコープから確認するとジェフリーが立っている。

散らかった部屋を見て「あ、ごめん！」とぎこちないほほえみを浮かべ、「ヨーコさん、やっとふたりきりになれたね。何か飲む？」と、ミニバーを指さした。

「ミネラルウォーターをいただくわ」

彼が緑色のペリエのボトルを開けた。

クローゼットからバスタオルを二枚出して、一枚を瑤子に渡す。

「一緒にシャワーを浴びよう。コンサートでたっぷり汗をかいたから」

シャツを脱ぐとたくましい上半身があらわれた。

「さあ、おいで」とダンスを踊る時のように彼女の片手をとり、ゆっくりとブラウスのボタンをはずしながら、髪にキスをした。

ベースギターはギターより重い。艶のある肌、ぶあつい胸板、ひきしまった上腕筋、それだけで瑤子はめまいがした。

たっぷり時間をかけて心ここにあらずの彼女の衣服をとり、自分もジーンズを脱いだ。百九十センチの長身でこれだけの筋力があれば、小柄な瑤子を抱き上げるのは簡単だ。

シャワーの湯加減を調節し、今からはじまる長い夜のイントロを弾き始めた。

ベーシストを目指《めざ》す若者があこがれる奏法に『ジェフリーズ・マジック』と呼ばれるものがある。教則本やビデオが何種類も出るほどの人気で、ロック界でもジェフリーだけが弾ける骨太のサウンド、それでいて繊細な指使いを必要とする奏法だ。シャワーを浴びながら瑤子の乳房を、首筋を、ヴァギナを『ジェフリーズ・マジック』が三曲分を演奏し切った。これ以上、魔法を使われると立っているのさえおぼつかない。シャンプーをしているジェフリーに合図をして先にシャワーから出た。

ふかふかのバスタオルで髪をふき体にタオルを巻いて、化粧台に置かれているロクシタンのローションを少し顔に塗った。

ジェフリーとのセックスはまるでスローモーション映画で、自由自在に弾《ひ》かれ、はじかれ、フォルテッシモとピアニッシモのエクスタシーに何度もたっした。特別な体位やテクニックはないが、「マイ・リトル・ベイビー」とやさしく甘い声でささやく。広いベッドをいっぱいにつかい、二時間の『ジェフリーズ・マジック』にふたりはうっすらと汗ばみ、ジェフリーの大きく硬いペニスは瑤子のヴァギナの中で何度も痙攣した。

三十二歳の彼女が初めて経験する、ゆったりとしたセックスだ。もしかしたら哲学者《フィロソファー》のニックネームはここからつけられたのだろうか。

ひたすら激しいだけが取り柄の若者にはない、なにか精神的なものがこもっている。

「ソー・スウィート・マイ・キューティー」とやっと体をはなし、ジェフリーはTシャツをかぶった。冷蔵庫からヴォルヴィックのボトルを取り出しグラスを二個、サイドテーブルに置いた。

「明日のコンサートにも来てくれるよね。招待者リストに名前を入れておくよ。苗字は何て言うの？」

「ありがとう、でもバックステージには行かないから。夜の十時にまたここに来るわ」

「なぜ？　だったらバーで待っているよ。一緒に飲もう」

「ジェフリー、それもだめ。何十人もの女性がロビーやバーであなたを待ち伏せしているのを知らないの？　私が特権を使って、あなたとすてきな時間を過ごしているのを知られたくないわ。もうとっくに知られているけど」

ブラウンの大きな目で五秒ほど瑤子を見つめた。その意味をくみとったようだ。

「オーケー、ハニー。きみの立場を理解していない僕が悪かった」

彼女の顔を強く胸におしつけ、髪をなでた。

二時間のベース・ソロの余韻が、ふたりを心地よい眠りに導く。

目覚めたのは十時だ。ベッドから抜け出してブラウスを着る瑤子に「一緒に朝食を……」と言いかけたが、ハッと気がついて表情がくもった。

「今晩も必ず来てくれるって約束して。じゃないとバーで待っている女の子と楽しいことをするからね」

身づくろいを終えてバッグを肩にかけた瑤子に、もう一度ハグしておくれと両手を広げた。

翌日、十時少し前にホテルのロビーに着くと、ジェフリーは二十人くらいのファンに囲まれ、ツアー・プログラムを持った男女にサインをしたり、写真を撮られたりしている。無視してまっすぐエレベーターに向かった。ジェフリーもさりげなくファンと別れてゆっくり歩いて来た。彼が横に並んでエレベーターを待っていたが、瑤子は視線を合わせることもなく隣の下りエレベーターに乗る。

五分後、ふたりは二十五階の部屋でやっとふたりだけになった。

「音楽ライターとのロマンティックな時間を過ごすのってやっかいだな」と苦笑している。

その通り、やっかいなのよ、バーで待ち伏せしているたぐいの女と同じようにはいかないのよ。彼女なりのプライドがあるのだ。

「ルームサービスで飲み物とスナックを注文するけど何がいい？」

「カルーアミルクかベイリーズをお願い」

十分ほどでカルーアミルクとブランデー、カナッペの盛り合わせが届いた。赤坂の夜景を見おろす窓辺で、ふたりは初めてプライベートな会話をした。

「ヨーコさんはフリーランスで仕事をしているの？」

「ええ、八年間、出版社に勤めていたけど三年前からフリーランスになったわ」

「ボーイフレンドはいる？」

「恋人ではないけれど男の友だちなら何人かいる。ジェフリー、あなたこそ結婚しているし子供もふたりいるわよね」

ジェフリーの夫人はヒット作を連発する映画監督の娘で、社交界でも有名なおしどり夫婦だ。ジェフリーが監督の映画音楽を担当した時に知り合った。

だが、ミュージシャンには港々に女がいるのは今さら驚くべきことでもない。

ジェフリーはブランデーのグラスを回しながら窓の外を見た。

「その通りさ。ジェシカはいい妻だ。ただひとつの不満は、彼女もセレブだってことさ。普通の女性だったら地味なベーシストの妻として世間もほうっておいてくれる。だけど彼女はパパの映画の公開のたびに、パーティーやレセプションで忙しい。僕は一年の半分はツアーやレコーディングで家を離れているので、子供たちは寂しい思いをしている」

「ジェシカのお父さんは偉大だわ。彼女はきっとお母さんの代わりを演じているのだと思う」。監督の夫人、すなわちジェシカの母は有名な女優だったが四十代で早逝した。

「ヨーコさん、僕たちは明日《あす》オーストラリアに出発する。そのあと南米ツアーをするけど、二週間の休暇をとる予定だ。日本では人目をさけてしか会えないが、一週間後にアトランタで会える?」

「アトランタで?」

「そう、僕の家があるロサンゼルスではまずい。アトランタですばらしい一週間を過ごさないか?」

「なぜアトランタなの?　なにか特別なものがあるの?」

「そう、特別なものがあるんだ」と、含み笑いをしながら瑤子を見つめる。

「パスポートはもちろん持っているよね。デルタ航空の成田オフィスに電話をして、マイケル・シャーウッドと話してくれ。日本支社のボスで僕の古い友人だ。きみの航空券の手配を依頼しておく。成田空港のカウンターで合言葉を言うだけでいい。そうだな、十一月の五日から一週間はどう?」

　自分のバンドを世界のベストテンに入るグループにし、アルバムを六枚ミリオンセラーにし、そのあいだに多くのジャム・セッションをこなし、四人のスーパー・ギタリストにプロポーズされるジェフリーだけに決断するのも早い。瑤子も頭の中ですばやく十一月のスケジュールを反芻《はんすう》した。

「大丈夫よ、アトランタでもダラスでも、どこにでも行くわ」

　ふたりはもう一回グラスを合わせた。

アトランタ空港に着いてスーツケースを拾い上げ、出口に向かおうとしていた時、白髪《はくはつ》の女性が近づいてきた。

「ミス・ヨーコ・オークラ？」

「イエス？」

上品な女性の首にはデルタ航空の社員証がかかっている。

「私はベッカーです。マイケル・シャーウッドの指示で、ミス・オークラを乗り継ぎ便に案内する役割をおおせつかっています」

「えっ？　乗り継ぎってどこへ？」

アトランタでジェフリーと逢瀬《おうせ》の予定では……

「ミスター・ハモンドからの依頼です。私について来てください」

「どこに行くのですか？」

「コスタリカです」

アトランタではなく、中米のコスタリカ？

立ちすくむ瑤子にビジネスライクな笑顔をなげかけ、別の職員に合図をしてスーツケースを引かせた。大きな空港を横切り、スペイン語が飛びかうカウンターに着いた。ベッカーを見るとカウンターの職員は揉み手をしながら言葉を交わし、閉まっていた窓口のひとつが開いた。

「パスポートを出してください」

赤いパスポートを出すと、すでに用意されていたらしい搭乗券がパスポートと共に返ってきた。「スーツケースはこのままチェックインしてもよろしいですか？」。ベッカーの問いに瑤子がうなずく。

「ミスター・ハモンドの隣の席です」

コスタリカへのフライトは、成田からアトランタまで同じようにファースト・クラスだ。サングラス姿のジェフリーが窓側に座っている。

「ヨーコさん、マジカル・ミステリー・ツアーにようこそ」と立ち上がり、きつく抱きしめた。

ここでは人目を気にする必要はない。

「窓側にどうぞ、景色がすばらしい。コスタリカまで四時間のフライトだ。疲れているのなら眠ってもいい。本当に来てくれるなんてうれしいよ」

「ジェフリー、誘拐されるのかと思ったわ。なぜコスタリカに行くの？」

「僕の第二の故郷だ。古い友だちがいる。中南米では比較的政情が安定しているきれいな国だ。きっと気にいってくれるはずだ。行ったことがある？」

「いいえ、メキシコ以南は行ったことがない」

英語とスペイン語のアナウンスが流れ、飛行機が離陸した。

「ミスター・ハモンド、ご搭乗ありがとうございます。お飲み物とお食事をお持ちします」

チーフパーサーが挨拶にやってきた。

「ヨーコさん、特別なリクエストがある？」

「いいえ、なんでもいただくわ」

「じゃあ、エンパナーダとフルーツを」

ジェフリーは百年前からここにいるかのように、機内食まで知り尽くしている。

『エンパナーダ』がクロスのかかったテーブルにのせられた。

「知ってる？　これは南米でとても人気のある料理で、デルタ航空のエンパナーダは特においしいって有名なんだ」

初めて見る食べ物だが、インド料理のサモサに似た半月形のパンだ。中には肉、野菜、豆、チーズ、ポテトなどがぎっしりと詰まっている。

「どう？　コスタリカの味は？」

「とてもおいしい。コスタリカでの一週間が楽しみだわ」

「忘れられない思い出をたくさんつくろう。驚くことばかりだよ」

食事が終わってついウトウトしていると、飛行機は降下し始めた。窓の外では夕日が沈もうとしている。空港でスーツケースをピックアップし、ロビーに出るとジェフリーはすぐに知りあいらしい男を見つけて抱き合った。男は杖をついている。

ふたりの明るい笑い声から察するに、深い友情で結ばれているようだ。

頭は禿げあがり、日焼けして風采《ふうさい》のあがらない中年の男だが、瑤子を紹介しようとジェフリーが肩を抱いたとたんに彼女は叫んだ。

「ジンジャー！」

「オー・マイ・ゴッド！」と男はひたいに手をあてて首を横にふり、ジェフリーも「ジーザス！」と爆笑した。

伝説のギタリスト、ジンジャーが目の前にいる。

「ヨーコさん、紹介の必要がないようだ。そのとおり、僕の三十年来の友人、ジンジャーだよ」

「お会いできて光栄です、ミスター・ジンジャー」

「ミスターはいらないよ。ジンジャーと呼んでくれ。コスタリカにようこそ。存分に楽しんでおくれ。車まで案内するから」と、杖をついてゆっくりとパーキングエリアに向かった。

なんてこと、ジンジャーがコスタリカに住んでいるなんて。瑤子はすばやく頭の中で人名事典のファイルをひらいた。ジンジャーはジェフリーと同じ町の出身で、十歳のころからジェフリーとバンドを組んでギターを弾いていた。ふたりともギタリストになりたかったが、水泳だかマラソンだかで負けたジェフリーがベーシストになったという逸話がある。

十六歳になると近郊の町の結婚式などで演奏をするようになり、やがて『フィリーズ』というグループ名でプロ・デビューする。ブルース、ジャズ、フュージョン、ハードロック、どんなジャンルでも通用する柔軟性をもった四人組で、ジンジャーのギター・テクニックに加えてジェフリーの力強いベース、ふたりの作曲能力などで圧倒的な人気を獲得し、パンクロック全盛の一九七八年にもかかわらずヒットチャートの常連となった。

「ヨーコさん、ジンジャーはあの事故以来、コスタリカに住んでいるんだ」

「残念だわ。あなたを超えるギタリストはまだいないわ」

あの事故でジンジャーのギタリストとしての生命《いのち》が奪われた。

コンサートの最中、スピーカーが倒れてきてジンジャーを押しつぶしたのだ。幸い一命はとりとめたが、片足の骨がくだけ、松葉杖の生活を余儀なくされた。回復するとしばらくは椅子に座ってギターを弾いていたが、少しずつ内向的になり、うつ病に近い精神状態でギターを弾くのもやめてしまった。

『ジンジャーのいないフィリーズはフィリーズではない』

リーダーのジェフリーが宣言し、バンドは解散した。

あれから十年近い歳月が流れた。ジンジャーがどこでなにをしているのか、音楽業界で時々話題になることもあるが、次々と新しいバンドが出ては消える世界において、人々はやがてジンジャーの名前すら忘れてしまった。

片足は不自由だが、車の運転には支障がないようだ。特別仕様の車なのだろう。ふたりはお互いの近況などを語り合っているらしく、時おり大声で笑う。

薄暮《はくぼ》の首都、サンホセの街はにぎやかだ。しかし、道路はでこぼこで車は激しくバウンドするし、驚いたことに道路標識がない。ストリートの表示も見当たらない。

ジンジャーは赤い髪だったことからついたニックネームだ。確か本名はジェフリーと同じだが、JではなくGで始まるジェフリーのはずだ。ここでもジンジャーという名前で暮らしているのだろうか。

空港から二十分ほどで丘のうえの豪邸に着いた。家のまわりは牢獄のような鉄柵で囲まれている。使用人が門扉《もんぴ》を開け、別の使用人が車をガレージに入れ、車からスーツケースを運びだした。

「ハロー、ジェフリー。久しぶり」

奥さんだろう、ごく平凡な風貌の中年女性とジェフリーが抱き合っている。

「紹介するよ、ヨーコさんだ、日本のジャーナリストだ」

「ヨーコと呼んでください」

「ようこそ。私はロザンナ、ロージーと呼んでね」

発音から察するにアメリカ人ではない。

ニューヨークの高層マンションのようなインテリアの居間に案内され、女の使用人が冷たいミントティーを運んできた。

ジンジャーがスペイン語で何か指示をしている。

「ヨーコさん、今晩はここに泊めてもらう。ひと休みしたらみんなで夕食に出かけよう」

それほどおなかはすいていない。ジンジャーとの思いがけない出会いに興奮していた。

部屋の外には極彩色の南国の鳥が数羽入った大きな鳥かごがあり、時おりけたたましく鳴いている。

「スウィーティーもショコラもきみを待っていたよ」

子供の名前だろうか。だが、子供のいる気配はない。

三十分ばかり話に花が咲き、今度は四人で車に乗った。近くのレストランのテラスに座り、ジンジャーがスペイン語でオーダーしている。現役時代にはジミ・ヘンドリックスの再来と呼ばれた男が、コスタリカの風景にまったりと溶けこんでいるのだ。

「ヨーコさん、僕たちは明日から山のロッジに行く。コスタリカは火山のあるちいさな国だけど、自然の豊かな恩恵を受けている。そこにはオンセンもあるんだ」

「えっ、オンセン？」

「そうさ、日本にも火山とオンセンがあるだろう？」

ジェフリーは楽しそうに瑤子を混乱させる。

パエーリアに似た料理が大きな鍋で湯気を立てながら出てきた。ロージーが瑤子の好みをききながら、皿に取り分けてくれた。

「ヨーコさんは音楽ライターなんだろう？　だったら僕がなぜコスタリカでひっそり暮らしているか知りたいかい？」

ジンジャーがちょっと自虐的に言った。サフランの味がするシーフードを口にしながら瑤子は、「ええ、知りたいわ」とジンジャーを見た。

「フィリーズが解散したあと、僕は祖父の故郷でもある南米に旅発った。心と体のリハビリが必要だった。ハーレイ・ダヴィッドソンを改造して片足が不自由でも乗れるようにし、少しだけどスペイン語は話せた。アルゼンチン、チリ、パラグアイ、ブラジル、ペルー、コロンビア、ボリビアなどを二年かけて回った。本当のところは尊敬するチェ・ゲバラの真似をしてみたかっただけさ」

ジェフリーがくすくすとかわいらしく笑う。

「そのあいだ、ジェフリーがバンドで稼いだお金と事故の保険金を投資して、行く先々の銀行に振りこんでくれていた。だからチェのような貧乏旅行ではなく、夜はホテルに宿泊する旅だった。チリでロージーと出会った。彼女はステンド・グラスのデザイナーで、宿泊したホテルに店を出していた」

「彼は用もないのに、私のギャラリーで毎日ステンド・グラスをながめていたわ。時々、ロビーでギターを弾いていた。すると宿泊していたアメリカ人が『きみはフィリーズのジンジャーだろ？』って気づいて大騒ぎになったの。それでもうホテルにはいられなくなって、チリを去り、私の故郷のこの国で一緒に暮らし始めた。今は結婚して子供がふたりいるけれど、ジンジャーの希望でアメリカの寄宿学校に通わせているの」

フィリーズは八〇年代に二度、日本公演をおこない、瑤子は四回のコンサートをすべて見ている。

「日本公演の思い出は今でも僕の心に強く残っているよ。有名なブドーカンで演奏できたのはまるで夢のようだった。もうＣＤの時代になっていたのに、ホテルのロビーでサインを求めてきたファンの多くが、ＬＰレコードを持っていたのはとても印象的だった」

かつてあれほど激しいギタープレイで観客を熱狂させたジンジャーが、今は物静かなコスタリカ人になってしまっている。

「ジンジャー、もうギターは弾いていないの？」

瑤子の問いにロージーがとんでもない、という口調で答えた。

「いいえ！　毎日暇さえあればスウィーティーと愛のメロディーを奏《かな》でているわ！」

やっと思い出した。
・・・スウィーティーとはジンジャーのストラトキャスターのニックネームだ。Ｂ・Ｂ・キングが自分のギターにルシールと名前をつけたのを多くのギタリストが真似たのだ。
「コスタリカに落ちついたジンジャーはバニラ農園を買いとった。そしてアメリカの友人のアドバイスで天候不順にも強い品種を育てるのに成功し、今ではコスタリカでも有名なバニラ農園のオーナーだ。そして暇な時にはスウィーティーを弾いているらしい」

ジェフリーが瑤子を見つめて静かに言った。

その時、レストランの電源がすーっと落ちた。しかし誰もパニックになったりしない。きょろきょろしているのは瑤子だけだ。五分後に明かりがもどってきた。レストランの裏から『ゴーッ』という大きな音が聞こえてくる。「ヨーコさん、ここではよくあることだから心配しなくていい。あれは自家発電機の音だ」とジンジャーが不安げな彼女に笑顔を向ける。さっそくコスタリカの洗礼を受けたのだ。

ワインで酔ったジンジャーの代わりにロージーが運転して丘のうえに帰った。四人はおやすみなさいと軽く抱き合い、ジェフリーは瑤子の手をひいてゲストルームのドアを開けた。サンホセの町が一望できるガラス張りの大きな部屋に、ふたりのスーツケースが置かれている。

「さあ、楽しいシャワータイムだ！」

ほろ酔いのジェフリーはスーツケースを開けている瑤子を横目に、早くもシャツを脱ぎすてた。

翌日、朝食を終えた四人は、二台の車に分乗した。ジンジャーとロージーはレンジローバーに乗り、ジェフリーはランドクルーザーの運転席に座った。しばらくでこぼこの道を走っていたが、やがて舗装された観光客向けのショッピング・エリアに出る。

「ヨーコ、水着は持ってきた？」

ジェフリーはやっと「ヨーコさん」と呼ぶのをやめた。

「いいえ、アトランタで過ごすはずだったから水着なんてないわ」

前を走るジンジャーに合図をし、ブティックの前で止まる。大きなカートを押しながらサングラスやタンクトップやショートパンツを放りこんでいく。水着のコーナーで立ち止まり、「ヨーコ、好きな水着を選んでいいよ」と言った。

お言葉に甘えてと赤いビキニを手に取った。

ジンジャーが「ヒューヒュー！」とひやかす。

「いい好みだ」とジェフリーがにんまり笑って、値札も見ずカートに入れた。

コスタリカの熱風が気持ち良くほほを撫《な》でる。車は山道をガタガタと登っていった。途中に大小のロッジ群が現れては消え、ロッジがないところはうっそうとした熱帯林が続いている。ふたりの男は疲れる様子もなく五時間たっぷり運転を続け、多分、千メートルあたりの山腹まで来たのだろうか、少し開けた場所に建つロッジに着いた。

ハンサムな若者が出てきて握手をし、鍵を渡した。

ジンジャーが彼にチップを渡すと「グラシアス」と笑った。先住民や黒人の血もながれているらしい青年の顔は彫りが深く、瑤子がステレオタイプに描いているラテン男の美しさをもっている。

こぢんまりした部屋に、さっきの青年がスーツケースとショッピング・バッグを運んで来た。

ジェフリーがスペイン語で何かを言うと、「シイ、セニョール」と瑤子を見てちょっとはにかんだ。多分、ジェフリーが連れて来た初めての東洋人なのだろうと彼女は思った。それぞれのロッジは独立して建てられており、ジンジャーとロージーは隣のロッジに入って行った。しばらくしてパティオに合流し、木のテーブルを囲んで座った。さすがに五時間も運転した疲れがでたのか、ふたりはコロナビールを飲みながら肩をグルグルまわしている。

ほどなくして大きなバスケットを持った女がふたり現れ、皿に盛られた食事と飲み物をテーブルに並べた。今度はジェフリーがチップを渡す。

アーモンドの味がするスープとパン、それに焼き鳥に似たスパイスのきいた肉料理だ。これ以上なにを望もうか、目をとじて大きく息をした。

熱帯の鳥の鳴き声、深い緑の森、スペイン風のパティオ、ふたりの偉大なミュージシャン、南国の食べ物、しめきりも真夜中の電話もない、ゆったりと流れる時間。

さっき買ったショートパンツとタンクトップに着替えた瑤子は、「どう？　アトランタよりこっちの方がいいだろう？」と肘で脇腹《わきばら》をつつくジェフリーに、「もちろんよ」と甘えてもたれかかった。

食事を終えると四人は「じゃあ、明日」とこぶしでパンチングし合い、それぞれのロッジに戻った。部屋に冷房装置はないが、湿気が少ない土地柄なのか、それとも山独特の気候なのか、東南アジアで経験した不快な暑さはない。

ジェフリーが窓のブラインドをおろす。

ソファに座り長い腕で瑶子をすっぽりと包みこみ、ショートパンツのポケットからキャンディーの缶を取り出した。少なくとも瑶子にはそれはキャンディーの缶でしかなかった。

「ジンジャーがロック界から去ったのは悲しいけど、あんなふうに立ち直ってくれたことが僕にとっては最大の喜びだ。フィリーズは実質、彼のバンドだったから」

問わず語りに話しながら、キャンディー缶のふたを開けた。

「ヨーコ、僕が尊敬する世界一のベーシストがこれで逮捕されたのはもちろん知っているよ。だけど、ここはナリタ・エアポートじゃない」

ジェフリーが冗談を言いながら缶からマリワナを出して巻き始めた。

「コロンビア産の上物《じょうもの》だ。吸ったことがないとは言わせないよ、はっはは！」

サンフランシスコのウインターランドでグレイトフル・デッドのコンサートを見ていた時、右から左から後ろから、まったく知らない人からマリワナがまわってくる。肺に深く吸い込み、息を止めて隣の人にまわす。

「ヨーコ、何本か巻いてくれ」

シガレットペーパーをなめながらジェフリーが言った。彼女にもその心得はある。カサカサと音がする茶緑色の葉を適度な大きさにくずし、ペーパーの真ん中にラインを作りかたく巻いた。ちょうど一ダースがテーブルに並んだ。

ジェフリーはベッドから枕をとってきてソファに置いて寝ころび、瑤子をかかえこんだままマリワナに火をつけた。まず自分が大きく吸いこみ、耳にキスをしながら人差し指と親指にはさませた。彼女も息をはいた後、時間をかけて深く吸った。上物かどうかはわからないが、匂いはこれまでのものとは違っているように思える。

三本目が短くなるころには、ジェフリーの片手が瑤子の乳房をもみしだいていた。『ジェフリーズ・マジック』の演奏が始まった。タンクトップをぬがせ、熱いくちびるが乳首をなめて、吸って、そして甘くかんだ。もう片方の手はショートパンツのファスナーをおろし、下腹部からゆっくりとヴァギナにおりて行き、短いイントロのあと激しいベース・ソロを弾いた。

一時間のコンサートが終わると、もう二本吸い、ゆるやかに抱き合って少しのあいだまどろんだ。こんなにも心地よいエクスタシーを感じたことはなかった。もし天国というものが本当に存在するのなら、今はそこにいるに違いない。ジェフリーのたくましい腕と胸に包まれて、このまま地球が消えてなくなってもかまわない、とさえ思った。

目が覚めるとジャングルに夕日が沈もうとしている。

お互いの体をまさぐりあいながらシャワーを浴びた。

「さあ、コスタリカの探検に行こう。ビキニとタオルを持ったかい？」

夜なのに水着……？

赤いビキニをビニールバッグに入れた。

熱帯の夜は昼間とがらりと様相を変えていた。甲高い声で鳴く極彩色の鳥たちは巣に帰り、代わってコウモリやムササビとおぼしき動物たちが夜を支配している。

「おなかがすいただろ？　何が食べたい？」

「飛行機で食べたあのエンパ……」

「ああ、エンパナーダね。山に行く途中のどこかに店があるだろう」

ラテンの国々では夕食が遅いのはヨーロッパ旅行中に経験している。日が落ちた山道をさらに高い場所をめざして車はゆっくりと登っていった。明かりがない分、星が今にも落ちんばかりに力強くまたたいている。ところどころにロッジがあり、庭やパティオでは大きな松明《たいまつ》が燃えあがり、例外なく音楽が聞こえた。ケロシンのかすかな明かりで営業しているちいさな屋台も見える。

「ここはどうかな」

柱と屋根だけがある簡素な野外レストランに車を停めた。

「ブエナス・ノーチェス、セニョリータ・イ・セニョール」

すかさずウェイターがふたりを席に案内した。年季の入った木の椅子とテーブルが十組ほど乱雑に並んでいる。客たちが話している言語は英語、スペイン語、フランス語、ドイツ語、ポルトガル語などだ。

「アイ・スピーク・イングリッシュ・サー」とウェイターが気をきかせて言ったので、ジェフリーがサビーチェとエンパナーダを注文した。

サビーチェはスペインで食べたことがある前菜のマリネだ。

「ヨーコ、ビールは飲むかい？」と尋ねられたので、飲んでみることにした。

「コスタリカで何か特別にしたいことがある？」

「あなたのウソで私はアトランタのガイドブックは一生懸命読んだけれど、コスタリカにはいったい何があるのかさえ知らないわ」

テーブルの上で手を固く組み合わせて、ジェフリーの目がいたずらっぽく笑っている。

「リアル・マジカル・ミステリー・ツアーにしてあげるよ。セットリストは僕にまかせてくれる？」

セットリストとは、コンサートのステージの床に貼り付けられる曲順表のことだ。白い紙にマーカーで曲のタイトルが書かれただけのものだが、コレクターには垂涎《すいぜん》の的の紙きれである。

「食事が終わったら、きみが多分、これまで体験したことがないようなスペクタクルなものを見せてあげよう」

あまりおいしくないビールを飲んでいると、ウェイターではなく、シェフがキッチンからエンパナーダとフルーツの皿を運んで来た。

「ウェルカム・ビューティフル・レディ」となまりの強い英語で言い、皿にのっていた花を一輪、瑤子の髪にさしておじぎをした。

さすがラテンの国である。たとえ男と一緒にいようとも、女性への賛辞を忘れない。

デルタ航空で食べたエンパナーダとは中味が少し異なっており、よりスパイシーな味付けだ。多分、トウモロコシの皮に様々《さまざま》な食材を包んで揚げているのだろう。世界中、どこに行っても、似たような食べ物がある。

「どう？　この店は初めてだけど、外国人観光客が多いので入ってみたんだ」

「ここのもおいしいわ」

ビールによくあう適度な辛さだ。仕事柄、ヨーロッパを中心に海外を旅する機会が多い彼女は、それぞれの土地のエスニック料理に興味をもっており、旅先で料理本を購入するのが趣味だ。

「ジェフリー、コスタリカにはよく来るの？」

「よく、とはいっても一年に一回くらいさ」

「いつも違うガールフレンドを連れて？」

ジェフリーは「その質問はレッドカード」と、苦笑しながら片手を高くあげた。

「えっ、あなたってもしかしたらサッカーが好きなの？」

「サッカー好きのアメリカ人って変かい？」

「てっきり野球やアメリカン・フットボールが好きだと思っていたわ」

「もちろん、普通のアメリカ人と同じように野球もフットボールも好きさ。特にフィリーズと同じ名前の野球チームを応援しているし。きみが秘密を守ってくれるのなら、なぜ僕がサッカーを好きか教えてもいいよ」

「そんなにもったいぶって話す秘密ってなあに？」

瑤子には想像もつかない。

サッカー好きのアメリカ人ミュージシャンがいるなんて。

彼女はヨーロッパでスケジュールを調整してはブンデスリーガ、プレミアリーグ、セリエA《アー》などの試合を見る。

「うふふ……ヨーコ、一九九四年のサッカー・ワールド・カップのホスト国はどこか知っているよね」

「あっ、アメリカ！」

「僕はまだきみには名前を言えない数人のミュージシャンと組んで大会のアンセムを作曲し、開会式で演奏するオファーを受けている。それもあって最近はサッカーの試合をよく見るし、ヨーロッパ・ツアー中もたくさんの試合を見て雰囲気を体験した。マンチェスター・ユナイテッドのデヴィッド・ベッカムという若い選手と友だちになった。ロックが好きで将来、有望な選手だ」

　エンパナーダがのどに詰まりそうだ。

「すばらしいわ。あなたの演奏を開会式で見られるなんて。サッカーのワールドカップはオリンピックより大きな催しなのよ。それからベッカムは将来、有望な選手じゃなくて、今でも十分に偉大よ。私の応援する選手のひとり」。興奮がとまらない。

「それとこれも秘密なんだけど、ブラジルに……」

　そこまで言いかけた時、アメリカ人の家族がジェフリーに気づいてテーブルまでやって来た。十五歳くらいの少年が礼儀正しく握手を求め、「ミスター・ハモンド、こんなところでお会いできて光栄です。僕は学校のバンドでベースを弾いています。『ジェフリーズ・マジック』のビデオを何十回も見て練習しています。ボストンであなたのコンサートに行きました」とほほを紅潮させた。

父親らしい人が「よければ記念に写真を撮ってもいいかい？」と言うので、ジェフリーは笑顔で立ち上がって家族四人と並び、瑤子がシャッターを押した。

「コスタリカでのランデヴーが見つかってしまったね」

ジェフリーが照れたように笑った。ランデヴー・・・とフランス風に巻き舌で発音する彼はとてもチャーミングだ。やがて車はジャングルがやや開けた場所に着いた。川のせせらぎがきこえ、五台ほどの車がヘッドライトをつけたまま停まっている。

「ヨーコ、ここだよ。中で水着に着替えよう」

「えっ？」

ジェフリーはジーンズを脱ぐと、すでに海水パンツを穿《は》いていた。彼がバスタオルを広げて瑤子の上半身を隠すので、Tシャツを脱いで赤いビキニをつけた。そして今度は下半身を隠した。

うながされて車から出ると、「うゎおー」と驚きの声をあげた。

そこにオンセン・・・がわいているのだ！

幅十メートルほどの川から湯気が立ちのぼっている。

「オーラ、ハロー」とジェフリーはすでにいる人たちに声をかけた。

「ハ～イ」「エンジョイ！」「ウェルカム」と大きな声がいくつもかえってくる。硫黄《いおう》の臭いがする、まがうことなき温泉である。五十センチほどの深さの川に、ジェフリーに手をとられて足をひたすと、日本の温泉よりちょっとぬるい。二十人ばかりの人たちがいるその場所は、流れがいったんゆるやかになった水の溜まり場だ。

車のヘッドライトで照らしながら、家族や友だち同士がくつろいでおり、ここでもやはりいろいろな言語が飛び交っている。

ジェフリーは瑤子を抱き、小さな岩を枕にして寝そべった。ちょうど肩の上を温水がさわさわと流れていく。

「どう？　セットリストの最初の曲は？」

「すばらしくて言葉も出ないわ」

彼の手が腰にからみつく。車から持ってきたクアーズの缶をあけ、生ぬるいビールをかわるがわる飲んだ。

「ヨーコが最初に聴いたロックはなんだい？」

「あなたは絶対に笑うから言わない」

「言わないのなら、沈めてしまうよ」と笑いながら肩を押した。

「デヴィッド・キャシディよ」

「はははっ！」

「ほうら、やっぱり笑った！」

ふたりは川の中で、ほとんどセックスの前戯のようにじゃれあっているが、ほかのカップルも似たようなものだ。

「いや、笑ってごめん。インタビューされた時、失礼だけど女性のライターにしてはロックやフュージョンに詳しい人だと感じたよ」

暗闇の中だが、彼の目はまじめだ。

『大倉さんのインタビューが良かったのでもう少し話がしたい』と伝えた太田の言葉はウソではなかったのだろうか？

「高校の時、フォークソングを歌っていたの。ジョニ・ミッチェル、キャロル・キング、ジュディ・コリンズなどの真似をしていた。クラブやカフェで演奏したこともあるし、本気でプロになろうと思っていた」

「ギターを弾いていたのかい？」

「ええ、ヤマハのアコースティック・ギターを弾いていた。それから大学で最初のボーイフレンドができて、彼はアマチュアのフュージョン・バンドのベーシストだった。ジャコ・パストリアスの大ファンで、彼に連れられてウェザー・リポートのコンサートに二回行ったわ。彼が『ジャコはベースがギターの添え物ではないことを証明した』と言っていたのが印象的だった。

私もジャコ・パストリアスが大好きだったから、あんな若さであのような死に方をしたのは残念でならない」

ジェフリーの両手は、さらに強く彼女に巻き付いた。

「ああ、ヨーコ、コスタリカのオンセンで、日本のかわいい女の子がジャコ・パストリアスのことを語るなんて、僕のほうこそ言葉が出ないよ」

しばらくすると、誰かが「ほら、きたよ！」と叫んだ。温泉でゆったりとしていた全員が「オー」とか「リアリー？」とか言いながらひとつの方向を見ている。木々のすきまからでもはっきりと見えるのは、火山から流れ落ちる鮮やかなオレンジ色のマグマだ。富士山に似た山の頂《いただき》から水あめのように溶岩が流れ落ちている。

「ワオ、アメージング！」

想像もしなかったスペクタクルである。

「ヨーコ、これがセットリストの二曲目」と肩をすっぽりと抱いて耳元でささやいた。

マグマがもっとよく見える場所に少し移動し、からみあいながら二本目のクアーズをあけた。

「ああ、ジェフリー、なんてすてきなセットリストなの！」と彼女も感きわまって首に手をまわしてキスを求めた。

野趣《やしゅ》豊かな温泉につかりながら火山が息吹くのを見つめ、世界一のベーシストの胸に抱かれてクアーズを飲む。

二十四時間前には微塵《みじん》も想像しなかった世界一のセットリストだ。

人々はさまざまな言語で感嘆の声をあげながら火山の光景を見ていたが、夜が更けると車ごとひとりふたりと去っていった。残ったのはジェフリーたちと、ドイツ人らしいカップルだけになった。

ジェフリーの腕のパテックフィリップを見ると十一時を指している。抱き合っているカップルが「ビールを交換しよう」と声をかけてきた。「やあ、何があるんだい？」とジェフリーが応じると『レーベンブロイ』の缶を見せた。

「ディール（交渉成立）」とお互いに言って、クアーズと交換した。

「そろそろ帰ろう。治安がいい国とはいっても最後のひとりになるのはよくない」とジェフリーが帰り仕度を始めた。ドイツ人カップルに「引きあげた方がいいよ」と声をかけると、男が親指を立てて言った。

「ジェフリー、あんたの〝ブラジリアン・ラヴァー〟は最高だよ」

苦笑しながら「ダンケ」と答えて瑤子の手をとり車に戻った。

水着のままロッジに帰ると、マリワナを一本ずつ吸って、心地よい疲れとともに眠りに落ちた。

目覚めると昼近くだった。硫黄の臭いがついた髪をていねいにシャワーで洗う。

ジェフリーがシャワーに入る前に、瑤子にキャンディーの缶を渡し「これをオフィスに持って行ってくれ」と言った。

ロッジのオフィスに行くと昨日の青年がおり、缶を渡すと別の缶が出てきた。そういう仕組みになっているのね、と納得した。

シャワーから出てTシャツをかぶっているジェフリーが、「ヨーコ、遅い朝食はここでも食べられるし、どこかに出かけてもいいよ」と言う。「じゃあ、ここで食べましょう」

オフィスに行き朝食をパティオで食べる旨《むね》伝えた。二十分もすると、小ぶりな屋台がパティオに入って来た。きのう昼食を運んできたふたりの女が手際よくワッフルを温め、その上にフルーツとホイップクリームをたっぷりかけた。コーヒーと紅茶のはいったポットを見せて、どちらにする？　とスペイン語で尋ねている。

オレンジジュースの大きなピッチャーも置いていった。

パテックフィリップは十二時を指そうとしている。

「セットリストの三曲目はなあに？」

「それは今夜まで秘密だ」と意味ありげに笑った。

「近くにちいさいけど動物園があるんだ。そこに行ってみないか？」

「ええ、おもしろそうね」

ランドクルーザーで山道を下《くだ》ると、確かに動物園とも植物園ともつかない施設がある。

ジェフリーがなにがしかの入場料を払い中に入ると、そこは本当にちんまりとした動物園で、主にサルやトカゲなどがケージの中で動いており、熱帯の木々が蔽い茂っている。

「コスタリカは北米と南米を隔てる狭い国だから、固有の動物や鳥類が多くみられるんだ。きみのウエストのように細い国なのさ」

彼女のウエストに大きな手をまわした。

多分、一緒に訪れたすべてのガールフレンドにしたのと同じウンチクを言っている、と内心でほほえみながらもっともらしい説明を聞いた。

ひととおり動物園を見終わると、つきあたりに熱帯林があり、そこにハンモックがいくつもぶらさがっている。

椅子に座っていた老人が「セニョール、プリーズ」とハンモックを指さした。「シエスタの時間だ」と、ジェフリーは老人にチップを渡した。

誰もいない木々の下で、ふたりは大きめのハンモックに並んで寝ころんだ。

「これがセットリストの三曲目？」

「いやいや、まだこんなものじゃない。ところで、訊きにくいことを訊いてもいい？」

「なあに？」

「ミュージシャンとよく火遊びするの？」

「ジェフリー、その質問はレッドカードよ！」と、怒ったふりをして彼の髪の毛をひっぱった。

「きみみたいな仕事をしていると、いろんなミュージシャンに誘われるだろう？」

「それがないとは言わない。でも、東京でのことを思い出して？　私はミュージシャンに会う仕事をしているからこそ、自由に火遊びすることが許されないの。レコード会社、プロモーター、マネージャー、そしてファンたち、みんなが私のことを知っているので、日本では絶対に無理。あなたと会っていた時もそれがずっと気がかりだった」

ジェフリーの両手が瑶子のほほを包みこむ。

「気にさわったのならごめん。アメリカやヨーロッパでは、ほとんどの女性インタビュアーが逆に僕を誘惑するんだ。ミニスカートをはいて足を組んだり、電話番号を渡したり、バーで偶然会ったふりをする。日本ではそれが許されないのを初めて知った」

「でもひとりだけ、三年間、世界中のいろいろな場所でランデヴーをしていた恋人がいたわ。彼とは日本でインタビューしたけど、その時はただのミュージシャンと雑誌記者でしかなかった。その半年後にロサンゼルスに行った時、レコード会社の人が『ベイクドポテトでシークレット・ギグがあるよ』と連れていってくれたの」

「わお！　僕も何度かベイクドポテトでシークレット・ギグをしたよ。で、誰のギグだった？」

「グレッグ・マティソンのギグだったけど、一緒に演奏したのがスティーヴ・ルカサー、ジェフ・ポカーロ、ロバート・ポップウェル。ライブ盤が発売になったから知っているでしょ？」

「あれは音楽仲間のあいだでもずいぶん評判になったギグだ。ルークのギターはまるで神が舞い降りたようにすごかった」

そういえばジェフリーはルークともセッションをしてレコードになっている。

「つまりルークと恋人だったたってこと？」

「あははは！　スティーヴ・ルカサーは大好きだけど、彼はその時、ランナウェイズの誰かと一緒だったわ。ベイクドポテトの客って、結局は音楽業界とつながりのある人ばかり。レコード会社の人が、知り合いがいるよ、って紹介してくれたのが半年前にインタビューしたミュージシャンだったってわけ」

「うんうん、それで？」

ジェフリーはゴシップ専門の芸能レポーターのような表情になった。

「彼はすぐに私のことを思い出してくれた。なぜならヨーコって名前はとても覚えやすいから」

「ヨーコ・オノって超有名人がいるからね」

「彼はバンドを解散したばかりで、ソロ・アルバムをレコーディング中だったの。ギグが終わってみんなと飲んでいたけど、レコード会社の人が別のゲストをホテルに送るからと、私をおいて店を出た。もしかしたら私とそのミュージシャンとの雰囲気を察したのかもしれないわ」

「よくあることだな」

「彼は夜中過ぎにレコーディング中のスタジオに私を連れて行き、朝の六時には『サンセット・マーキー』の部屋に一緒にいたってわけ」

「このかわいい悪魔め！」

ジェフリーが彼女のひたいをコツンと叩いた。

「私は日本のバンドのレコーディングを取材して本を書くためロサンゼルスにいたんだけ

ど、日本のバンドってまじめだから夜十時にはすべて終えて部屋にひきあげるの。ホテルのロビーで待っていると、スタジオに向かう途中の彼が私を車で拾って、今度は別のレコーディング・スタジオに行く毎日が続いた」

「彼は結婚していたのかい？」

「いいえ、まっさらなシングル・マン。私は眠気と闘いながら昼間は日本のバンドの取材をし、夜中には彼と会っていた」

「あっはっは！　それで？」

「ロサンゼルスでのラブ・アフェアは三週間で終わったわ。彼がマネージメントにどんな説明をしたのか知らないけど、東京に帰ったら毎週、ファクスが送信されてくるようになった。それには彼のコンサート・ツアーのスケジュール、宿泊するホテル、電話番号と住所、移動手段、ホテルに宿泊するときに使う偽名、オフィスの担当者の名前、ツアーマネージャーとのコンタクト方法まで微に入り細に入り書かれているの」

「国際的なラブ・アフェアが始まったわけ？」

「そう、今、思い出しても大冒険だったわ。私は出版社の社員だったけれど、英語とフランス語が話せるので海外出張が多かった。ロンドン、パリ、ブリュッセル、フランクフルト、バーミンガム、エジンバラ、アムステルダム、インディアナポリス、ニューヨーク、仕事で出張する先々でデートをした。偶然、スケジュールが合うこともあったし、パリでローリング・ストーンズの取材をしたあと、一日だけロンドンに寄ったりした」

「イギリス人なの？」

「そう、イギリス人、しかもベーシスト」

「ヨーコはベーシスト・キラーなんだ！」

ジェフリーが瑤子をきつく抱きしめてハンモックを揺らした。

「へい、ベーシストでソロ・アルバムをレコーディングするイギリス人って、ジャック・ブルースかい？」

「まさかね、そこまでビッグじゃないわ。でも彼はジャック・ブルースをとても尊敬しているわ。

前のバンドで成功していたから、飛行機代を送ってくれた。金曜日の夜、仕事が終わってからロンドン行きの最終便に乗り、同じ日の夜、ロンドンに着いて、二日間だけ彼と過ごした。そして日曜日の朝にはもう東京に帰る飛行機に乗って、月曜日の朝には会社で仕事をしたわ。クリスマスの一週間、彼が日本に来て一緒に過ごした年もあるし、ヨーロッパの空港で五分間だけ抱き合うためにトランジットをしたこともあった」

「それが三年間も続いたのかい？　なぜ別れたの？」

「今、私と火遊びをしているあなたがそんな質問をするなんて！」

瑤子が冗談めかしてきつい口調で言うと、「アウチッ！」とおどけたしぐさで胸を押さえた。

「そうだね、僕にはそんな質問をする資格がない。ミュージシャンというのはさみしい職業なんだ。ツアーが始まると、飛行場とコンサート会場とホテルの部屋を行ったり来たりするだけ。美しい女性、気のきいた会話、すばらしい音楽、おいしいビールかワイン、それに適度な冒険、そういうことが大好きな手に負《お》えない人種だから」

ジェフリーがしんみりと言い、瑤子は彼の胸で少し涙ぐんだ。

「きみのつらい気持ちがちょっとだけわかる。僕にもヨーロッパや南米にガールフレンドがいる。ただの火遊びの相手もいるし、真剣に愛し合っている恋人もいる」

アイスクリーム売りがカートを引いてやって来た。

「きみのラブ・アフェアの話に僕は強烈なインスピレーションをもらった。愛する男のために世界中で冒険をするヨーコを尊敬するよ」

シナモンの香りがするアイスクリームをなめながら、『もしかしたらジェフリーと、また同じような冒険が始まるのかもしれない』と思った。

ロッジに戻るとブラインドをおろし、マリワナを一本ずつ吸った。まだ時差ボケが残っている瑶子が彼の胸で眠ってしまったので、そのままそっとベッドに寝かされた。

ブラインドの隙間から沈む夕日が見える。

ぼんやりとベッドに横たわっていると、パティオからギターの音が聴こえてくる。誰かが大音響でラジカセでもかけているのだろうと思ったが、それは確かにギターとベースの演奏だ。

いや、まだサウンドチェックの段階だ。

身なりを整えてロッジを出た。

驚いたことにジェフリーとジンジャーが、オフィスの発電機から電源をひき、小ぶりのアンプとスピーカーをセットして、演奏をしようとしている。

「ヨーコ、セットリストの三曲目に間にあったね」

起きぬけでまだぼんやりしている彼女に軽くキスをした。

サウンドチェックは終わったようだ。

「オーケー、レッツゴー」とジンジャーがカウントし、〝ソウル・セレナーデ〟を弾き始めた。彼のギターの腕前が十年前からまったく衰えていないのがわかる。ジェフリーが絶妙なタイミングでベースを鳴らす。キング・カーティスがレコーディングし、多くのブルース・ミュージシャンやフュージョン・バンドがカバーしている瑶子の好きな曲だ。

ミュージシャンたちはジャック・ダニエルズとフォア・ローゼズをボトルごとちびちび飲みながら、夕暮れのパティオでのセッションを楽しんでいる。

そこにオフィスの青年がボンゴを持ってやって来た。

「オーラ、リカルド」

リカルドと呼ばれる若者はそばに腰かけ、控えめにボンゴをたたき始めた。

曲は〝ストーミー・マンデー〟に変わった。ジンジャーのギターが悲しげに泣く。そして〝ステーツボロ・ブルース〟を弾くと、ジェフリーがヴォーカルをいれた。ボンゴのリズムも完璧にふたりの演奏をサポートしている。

やがてボサノバになった。ジョビンの〝ブラジル〟を演奏し、ロージーや数人の宿泊者たちが飲み物を片手に体をゆらしている。

「次は何にする?」とジンジャーがジェフリーの顔を見た時、瑤子がぽつりと言った。

〝アグア・デュ・ベベ（おいしい水）〟

「オー、ヤァ!」と我が意を得たりとばかりにジンジャーがイントロを弾いた。瑤子はテーブルを軽くたたきながらメロディーをスキャットし、ポルトガル語で歌い始めた。驚くふたりの前で、瑤子はアストラッド・ジルベルトになった。最後まで歌いきった彼女をジェフリーが、そしてジンジャーが抱きしめる。

リカルドや見物客たちも、声をあげながら拍手を惜しまない。

「ヨーコ、すばらしい。きみは間違えた職業についてしまったようだ。知らなかったよ、そういう才能もあるなんて」

ジンジャーが感無量の表情で瑤子を見たが、カラオケのレパートリーだなんて恥ずかしくて言えない。瑤子がかつてフォークソングを歌っていたのを知っているジェフリーだけは、にんまり笑っている。

ジンジャーが「じゃあ、これは？」とイントロを弾いただけで〝デサフィナード〟だとわかった。もちろん未知の曲ではない。ポルトガル語で歌いだした。サンホセの山奥で、ふたりのミュージシャンの伴奏で歌う〝デサフィナード〟は、どんなカラオケの伴奏よりもゴージャスな設定だ。

〝デサフィナード〟を歌いきると、瑤子はポルトガル語の単語を並べた。

「木の枝、石ころ、切り株、少しの孤独……」

ジンジャーもジェフリーも感きわまって「オーライト！」と叫んだ。

たちまちギターが〝三月の雨〟のイントロを弾き、瑤子はエリス・レジーナのパートを歌い、ジェフリーがジョビンのパートを歌った。

初めてのデュエットとは思えないほど、ぴったりと息があっており、ジンジャーのギターはジョビンよりさらに技巧的に鳴る。途中でジェフリーがポルトガル語を忘れて、スペイン語になったが、違和感はまったくない。

ボサノバの至玉の名曲はマリワナよりもジャック・ダニエルズよりも、音楽を愛するそこにいるすべての人を酔わせ、興奮させた。

「ヨーコ、すばらしい歌のお礼になんでもリクエストしていいよ」と、ジンジャーが瑤子に言った。

さまざまな名曲が頭の中をよぎったが、ひとつの国の名前が言葉になった。

〝スペイン〟

「オー・マイ・ゴッド！」

ふたりのミュージシャンは同時に歓喜の声をあげ、ジンジャーが〝アランフェス交響曲〟のイントロを弾き始めた。

その夜の饗宴は九時まで続き、機材の後片付けをリカルドに頼んでジンジャーが車の鍵をあずけた。ランドクルーザーで近くのバーに行き遅い夕食を食べた。

「ヨーコ、きみがボサノバをあんなにじょうずに歌えるなんて驚きだよ、しかもポルトガル語で」

ジンジャーとロージーが、ロモ・サルタードを食べながら瑤子を見た。

「高校のころからフォークソングを演奏していたの。それにボサノバは日本でも人気があって、フォークソングを歌う人はたいていボサノバも歌えるわ」

「日本にはカラオケがある」とジェフリーが茶目っけたっぷりに言ったので、そこにいたみんなは納得してうなずき、瑤子は『すっかりバレてる』と苦笑した。

ベッドでじゃれあいながら翌日も昼近くまで眠った。

「今日は別のオンセンに行こう」

「ええ、セットリストの四曲目かしら」

「ははは、かもしれない」

窓辺に干してあった水着をビニール袋に入れ、リカルドから新しいバスタオルとキャンディーの缶を受け取った。途中でカフェに寄ってブランチを食べた。目の前の鉄板でふわふわのパンケーキを焼いてくれて、セルフサービスで好きなだけホイップクリームをかける。それに山盛りのトロピカル・フルーツでおなかがいっぱいになった。

この前よりもさらに山奥に登って行くと、やがて川のせせらぎが聞こえる場所に出た。アーチ型の門扉《もんぴ》があり、古い屋敷のようでもあり、アミューズメント・パークのようでもあった。車が七、八台停まっている。門をくぐると警備員が荷物と服を検査した。

「ノー・ガン、ノー・コカイン」とジェフリーが言っている。簡単にそこを通過し、次の扉で入場料を払った。『USドル・オンリー』という貼り紙が見えた。

川の流れを引きこんだ、まるで日本の露天風呂のような趣《おもむき》の温泉が広がっている。この前の単なる川の一部ではなく、大理石を模した石で囲われ、リゾート地のプールさながらにデッキチェアがいくつも並び、片隅にはバーカウンターもある。子供の姿はなく、いかにも旅慣れた欧米のバカンス客たちが十人ほどいた。

「どう？　日本のオンセンに似ている？」

「似てはいないけど、すてきだわ」

デッキチェアを確保し、ジェフリーが指さすカーテンの奥で水着に着替えた。硫黄の臭いはあるものの、そこは地中海のリゾートといっても過言ではない。さすがにUSドルでしか入場できない場所である。サングラスをかけてデッキチェアに寝ころぶと、バーテンダーが注文をとりに来た。

「ヨーコ、なにがいい？」

「冷たいビールがあれば飲みたいわ」

ここにきてから生ぬるいビールしか飲んでいない。

中年のバーテンダーが瑶子を見て「チーノ？」と言った。

「ソイ・ハポネッサ」

それくらいのスペイン語はできる。なぜ、そんなことを訊ねるのだろうと思ったが、次の瞬間、バーテンダーの表情がやわらかくなり「キリン？」と言った。

「セルヴェッサ・キリン？」、驚いてくり返した。

「シィ、セニョリータ」

「ポルファヴォール」

バーテンダーとのやり取りを聞いていたジェフリーが「キリンがあるのかい？　冷たいのを持ってきてくれ」と英語で言いドル札を多めに渡した。

久々に飲む冷えたキリンビールはおいしい。

ジェフリーがキャンディーの缶を取り出した。

『えっ、まさか！』と思ったが、ここはマリワナ、オーケーの温泉なのだ。隣のチェアの若いカップルも抱き合いながら吸っている。

「ジェフリー、あなたはマリワナが手離せないの？」

「いや、家族といる時は吸わないし、家には持ち帰らない。それにハードドラッグには絶対手をださないと決めている。多くの才能あるミュージシャンがハードドラッグで亡くなったのを知っているから。心臓マヒで死亡と発表されている場合は、ハードドラッグと睡眠薬とアルコールを一緒に摂取したからだ。心配しなくていいよ。僕は八十歳になるまでベースを弾き続けるって決めているから」

「大好きだったトミー・ボーリンもそれで亡くなったんだわ」

「トミー・ボーリンかぁ。天才的なギタリストだった。彼がアルフォンソ・ムザーンと競演したアルバムは今でも僕の愛聴盤だ。

彼はロック界の人間ではない。ジャズ・ギタリストだった。だからディープ・パープルに参加したのが間違いだ。もっと長生きしていれば、セッションしたかったギタリストのひとりだ」

手をつないで温泉に入った。一昨日の川の温泉は夜だったからわからなかったが、日本と同じようにうっすらと黄緑色の濁りがある。首だけ出して下半身をからませた。

「ヨーコ、ジョビンの〝ジンジ〟って曲を知ってる？　もちろん知ってるよね」

「ええ、ボサノバが好きな人ならみんな知っているわ」

「英語の歌詞でこういうフレーズがあるんだ。

I love you more each day, yes, I do yes, I do. . .

毎日、日ごとにきみのことを好きになっていく……って。やっとジョビンの気持ちがわかるようになった。僕はいろいろな国の美しい女性たちと夢のような時を過ごしたけど、ジャコ・パストリアスとトミー・ボーリンのことを語り合い、〝おいしい水〟を歌ってくれる女性に出会えるなんて想像もしていなかった」

「私こそ目の前で〝スペイン〟を聴けるなんて夢にも思っていなかったわ」

瑤子も火遊びのつもりだった相手を、日ごとに好きになっていくのを感じていた。

陽ざしが強くなったので、従業員がキャンバスの日よけを椅子の上に広げていった。

マリワナ、キリンビール、温泉、気のきいた会話、四時間があっという間に過ぎた。

バーテンダーと従業員に最後のチップを払い、ランドクルーザーに乗った。

「今晩もパティオでセッションをするの？」

「いや、毎日はしないよ。今夜はふたりでゆっくりすごそう。これがあるからね」とジェフリーは足元を指さした。なんといつの間にかキリンビールが半ダース置かれているではないか。人生の楽しみ方を心得ている。

イギリス人のベーシストも機転がききユーモアのセンスがある男だったが、ジェフリーはそれを凌駕《りょうが》している。ミュージシャンとして、ひとりの人間として力強い生命力を感じさせる男だ。

山を下る途中にメキシカン・レストランがあった。

「ヨーコ、今晩はロッジでタコスの夕食でいいかい？」

「いいわよ。タコスも大好き」

クリスピー・タコスとソフト・タコスを六個ずつテイクアウトしてロッジに戻った。瑤子が水着を洗っているあいだにジェフリーはどこからか氷の入ったクーラーボックスを調達してきて、キリンビールの缶を詰め込んでいる。

「シャワーを浴びよう」

狭いシャワールームではしゃぎながらシャワーを浴び、それはそのままセックスの前戯となった。タオルで体をぬぐうのももどかしく、ふたりはベッドになだれ込む。

ブラインドの隙間からさしこむ夕日が、からみあう恋人たちのうえに縞模様を作った。

「いつまでここにいるの？」

「あしたとあさって、もう二日ここにいるつもりだ。その次の日にまたジンジャーの家に泊まって、翌日は……お別れだ」

ジェフリーがちょっと言葉につまった。

「わかった。南米ツアーの成功を祈るわ」

やっとベッドからはい出し、新しいタンクトップとショートパンツに着替えてソファに身を沈めた。

「ヨーコ、きみがベーシスト・キラーになったのにとても興味がある。最初のボーイフレンドがベーシストだったんだろ？」

「私は別にベーシストだけを選んで恋愛しているわけではないの。偶然、相手がベーシストだったただけ。でも、この前も言ったけれどジャコ・パストリアスを見てから、ベースってなんて魅力的な楽器だろうと思うようになった。最初のボーイフレンド、ユウジがちょっとだけベースの弾き方を教えてくれたわ」

「今でも弾ける？」

「多分。ひどくへただけど」

ジェフリーはビールの味がするくちびるで長いキスをした。

「僕がなにを考えているかわかる？　ある女性についての歌を作曲しようと思っているところだ。きみのように自立していて、個性的で、美しい顔ときれいなハートをもっていて、ロックやジャズをこよなく愛している、そんな女性には会ったことがない。僕は八十歳までベースを弾くってさっき言ったけど、多分、僕たちはその時までずっと一緒にいる。地球のどこかで、いや、宇宙のどこかで、たとえ五分間だけの空港でのランデヴーだとしても、ずっと愛し合っているはずだ」

瑤子のまつ毛についているしょっぱいしずくを、ジェフリーがそっとなめた。

「泣かないで、ヨーコ。僕はそんな弱い女性は嫌いだ。これからきみと恋愛をしたり、いつか結婚する男は世界一の幸せ者だ。僕たちはすぐにどこかで会えるよ。イギリス人のベーシストのように――名前はあえてきかないけど――マネージメントから僕のスケジュールを送るように手配する」

最後の夜、ジンジャーとジェフリーはまた、パティオでセッションをした。

今度はフィリーズ時代の曲を演奏した。

どこで噂をききつけたのか、川の温泉で会ったドイツ人のカップルがやってきて、レーベンブロイを差し入れた。


山での五日はまたたく間にすぎ、再び五時間、車を走らせて丘のうえのジンジャーの家に戻った。

ガレージには、山から帰った車のほかに、フォードのピックアップ・トラックが二台停まっている。

「ヨーコ、最後の夕食を僕の好きなレストランで食べよう」

ジェフリーが連れていったのは、アメリカ資本の高級ホテルの中にあるイタリアン・レストランだ。

食後のカプチーノを飲みながら、テーブルの上で手をからませた。

「冷静に聞いてくれ。僕にはブラジルにも恋人がいる。レティシアというやさしい女性だ」

彼女はとりみだすことなくちいさくうなずいた。

ミュージシャンの習性を熟知《じゅくち》しているからだ。

「レティシアは僕の子供を妊娠していて、来週、生まれる予定だ。それで彼女と一緒にいてあげたいと思い、この時期に南米公演を組んだ」

「おめでとう、ブラジル人の子供のパパになるのね」

「マスコミには秘密にしておいてくれ。プライベートなことだから」

レティシア……なんて美しい名前なの、しかもこんなすてきな男の子供を産むなんて。

瑤子は彼の手をきつく握りかえした。約束は守るから、という合図でもある。

その時、酔っぱらった男がふたりのテーブルに近寄って来た。最初はジェフリーだと気がついてなにかを伝えたいのかと思ったが、男はふらつきながら言った。

「ヘイ、キューティー・チンク」

瑤子もその意味がわかった。チンクとは中国人に対する蔑称《べっしょう》である。ジェフリーが手振りで男に去るように合図をしたが、アメリカ人らしい男は瑤子にからんでくる。

「きみみたいなキュートなチンクが、なぜこんなニガーと一緒にいるんだ？　おれと飲もうぜ」

我慢できずに立ち上がろうとするジェフリーの両手を、強くテーブルに押さえつけた。ここで新聞沙汰になるようなことがあってはならない。まわりにいたアメリカ人や、英語がわかる客もいっせいに見ている。男はなおも続けた。

「ここはニガーの来るレストランじゃないぜ。通りの向こうの屋台がお似合いだ」

大きな騒動になる寸前に、同じように酔っぱらってはいるが、仲間らしい男がやって来て彼を引き離していった。

生まれた時から、ニガーとかニグロとかブラックと呼ばれるのには慣れている。いかに偉大な名声を得ようとも、肌の色を変えることはできない。

「ヨーコ、すまない。不愉快な思いをさせてしまった」

大きなブラウンのひとみは哀しみに満ちてうるんでいた。長いまつ毛の上でしずくがふくらみ、瑤子がじっと握りしめている彼の両手は震えている。

レストランを出てちいさなバーに入り、最後のビールを飲んだ。

「心配しないでおくれ、あんなことには慣れているから」

無理して笑おうとするジェフリーがたまらなくいとおしかった。

丘のうえに戻ると、ふたりはなにごともなかったかのようにふるまい、ジンジャーが「待っていたよ」と半地下に案内した。

そこは簡素だがスタジオになっており、地上の光をとりこむ窓の上半分は、まるで教会のようにステンド・グラスで飾られている。

「あれがロージーの作品だ」。みごとな芸術だ。

スタジオの隣にはちいさな工房があり、デザイン画や作りかけのアクセサリーが置かれている。

ギターケースをていねいにあけると、スウィーティーとショコラがでてきた。山に持って行ったのはフェンダーをコピーした、日本製の安い楽器だった。

「セットリストの五曲目」とジェフリーが瑤子にほほえみかける。

イニシャルがインレイされたストラトキャスターと、ショコラという名前の通りチョコレート色のプレシジョン・ベースをミュージシャンたちが手に取った。ジンジャーが几帳面に手入れをしているのだろう。プラグをアンプに差し込むと、懐かしいフィリーズのサウンドが流れてきた。

瑤子とロージーはふかふかの絨毯にあぐらをかいて座り、椅子に腰かけたふたりは飢えた少年たちのようにフュージョンをたて続けに演奏した。スタッフ、リターン・トゥ・フォーエヴァー、クルセイダーズ、ジョージ・ベンソン、ウェザー・リポート、ジェフ・ベック、ジョン・マクラフリン、チック・コリア、パット・メセニー……そこにスティーヴ・ガッドとブレッカー・ブラザーズがいないのが不思議なくらい、次々に名曲がくり出される。

瑶子はジェフリーとの別れのつらさより、目の前の世界一のジャム・セッションに心を奪われていた。一時間あまり演奏し、再びフィリーズの曲になった。十時ころ、いったんセッションを終えて楽器をホルダーにたてかけた。

ジェフリーが瑶子を見ながら、プレシジョン・ベースを渡した。

重い、それにネックの幅が広い。

椅子に座って膝の上にベースをのせた瑶子を見て、事のなりゆきを知らないジンジャーが「なんだい？」とジェフリーに視線をやった。

「笑わないでね」

弦の感触を確かめるようにコードを何度かストロークしてみた。

やがてゆっくりではあるが、曲らしきものを弾き始めた。

ジェフリーもジンジャーも「まさかね」という表情で薄笑いを浮かべている。

ユウジに教えてもらったあの感触が蘇《よみがえ》った。

「オー・イエイ、〝ドナ・リー！〟」

ふたりが同時に叫んだ。つっかえながら、そしてゆっくりではあるがジャコ・パストリアスの〝ドナ・リー〟を弾いた。

弾き終えると、なぜか涙があふれてとまらない。ジンジャーとジェフリーが抱きしめたが、ユウジのことを思い出したからか、若くして亡くなった天才ベーシストのことを思い浮かべたからか、それとも愛する男の前で最後の曲を演奏したからか、理由などわからなかった。

「ヨーコ、きみには脱帽だ。多分、この曲を歌えるはずだ、ジョニ・ミッチェルの曲を歌っていたって言ったよね」

ジェフリーが弾き始めたのは〝コヨーテ〟だ。当時、恋人同士だったジョニとジャコの名作だ。ジンジャーもホルダーからギターをとって伴奏をつけた。むつかしい曲だが瑤子は英語で歌った。ジョニにねばっこくからみつくジャコのベース。まだティーンエイジャーだった瑤子はどんなにジョニ・ミッチェルに憧れたことだろうか。ジャコ・パストリアスにこれほど愛されるジョニ・ミッチェルってなんてすてきな歌手だろう、いつか自分もこんな恋をしたい、高校生の彼女は夢見ていた。

セッションの最後に瑤子が訊ねた。

「ジンジャー、アコースティック・ギターはある？」

「もちろんさ」

立派なマーティンのギターがケースから出てきた。

「ジンジャー、ロージー、そしてジェフリー、すばらしい一週間をありがとう。これが私からあなたたちへの最後の贈り物」

そう言って、〝ジェガ・ジ・サウダージ（想いあふれて）〟を弾き語りした。

歌い終わって涙をぬぐう瑤子のあごにジンジャーが手をやり、「また来年、ここで一緒に歌おう。顔を上げろよ」と言った。

空港でふたりは長い長い抱擁をした。そして長い長いキスをした。

「アイ・ラブ・ユー」

「アイ・ラブ・ユー・トゥー」

ひとりはリオ・デ・ジャネイロ行きのゲートに、そしてひとりはアトランタ行きのゲートに向かった。

東京に帰った瑤子のもとに二週間後、ブラジルから絵はがきが届いた。

「ヨーコ、祝福してくれ、ジェフリー二世が誕生した。かわいい男の子だ。もちろん、きみとの夢のような一週間は忘れない。オブリガード」

その十日後に届いた絵はがきには、ブエノス・アイレスの消印が押されている。

「いとしいヨーコ、南米公演は大成功だ。エンジニアたちが張り切っているからライブ盤が発売になるかもしれない」

さらに一週間後、サンチアゴから絵はがきが届いた。

「僕のかわいいヨーコ、来年の日本ツアーが決まった。ミスター・フジワラのエージェントから打診があったので、もちろんオーケーした。きみに会うのが楽しみだ」


仕事を終えたある日の夕方、電気炊飯器がグツグツと音をたてるのをききながら、チキンの胸肉と格闘していた。コスタリカで食べた焼き鳥に似た料理のレシピを、ロージーに教わり料理している最中だ。

つけっぱなしのテレビからは、七時のニュースが流れている。

「エリック・クラプトンやジェフ・ベックとの共演で有名な」まで聞いて彼女は手を止めた。武道館で演奏するジェフリーが映っている。

「世界的なベース奏者のジェフリー・ハモンド氏が、日本時間の昨夜、ロサンゼルスで事故のため亡くなりました」

チキンも包丁も放り投げ、テレビの前に走って両手をついた。

「ハモンド氏はフリーウェイで故障して立ち往生している人を助けようとしていた時、大型トラックに追突され、車にはさまれて内臓破裂のため即死した模様です。七〇年代から八〇年代までフィリーズのリーダーとして活躍し、何度も来日して多くのファンに愛された人気ミュージ……」

「うわぁーーー」

自分でも驚くほどの大きな声がでた。

カーペットに突っ伏し、身体を弓なりにして号泣した。電話が鳴っている。レコード会社か出版社からだろう。どうでもよかった。

トイレに駆け込んで胃液とも何ともつかないものを嘔吐した。髪に嘔吐物がはりつき、身体中の液体という液体が目と鼻と口から噴き出した。このまま干あがって死んでしまったほうがましだ。

煎ったカカオ豆の色をした肌はオリーブ油を塗ったかのように艶があり、アーモンドのかたちをしたダークブラウンの目は垂れぎみにやさしくほほえむ。トレードマークのアフロヘアー、大きな手、やわらかなくちびる、まっ白な歯、すべての女の理想の男、ジェフリーが、もうこの世にはいない。

世界中の愛する女たちを置き去りにして。

執拗《しつよう》に鳴る電話機を毛布に巻いて押し入れに放り込んだ。

あの美しい男が、ロサンゼルスのフリーウェイに消えた。

瑤子の体を弾いた『ジェフリーズ・マジック』はもう二度と鳴らない。ひととおり泣き終えると、カルーアミルクをストレートで飲んだ。また激しく嘔吐した。


三ヵ月が過ぎた。ジーンズの腰まわりがきつくなった。

「もしもし、オオクラ様でいらっしゃいますか？　こちらはマッケンジー＝ファーガソン法律事務所と申します」。日本人女性の声だ。

「はい、大倉ですが」。瑤子にはまったく心当たりがない。

「突然の電話で失礼します。レコード会社から大倉様の電話番号を教えていただきました。わたくしどもはアメリカの法律事務所の日本支社で、ジェフリー・ハモンド様がロサンゼルス本社のクライアントでした。このたびは誠にご愁傷さまでした」

ジェフリーの法律事務所からなぜ電話が来るのだろうか？

「ご足労とは存じますが、赤坂の事務所まで、ご都合のいい時におこしいただけますでしょうか？」

「どのようなご用件でしょうか？」

「くわしくはお見えになった時にお話ししますが、ジェフリー・ネスタ様からの手紙もおあずかりしております」

ジンジャーの本名だ。何かを伝えようとしている。

「承知しました。できるだけ早くお伺いします」

赤坂見附の駅を降りて、しにせのカステラ店がある坂を上がって行くと左に草月会館と大手広告代理店があり、法律事務所はその数軒先にオフィスをかまえていた。オフィスのたたずまいからも、世界規模で仕事をしている会社だということがわかる。迎えてくれたのは電話をしてきた日本人女性と外国人男性だ。

女性は「お時間をおとりいただきありがとうございます。私は小林と申します」と名刺を差し出した。「私はエドワード・ガーナーです。よろしくお願いします」

カタコトだが日本語を話す男性の名刺には『日本支社長』という肩書がついている。

「さっそくですが、ジェフリー・ネスタ様からのお手紙をあずかっております。プライベートな内容とのことでわたくしどもでは未開封です」

ジンジャー……

「ここでお読みになってください。話が複雑なのですが、この手紙にそのことが書かれているそうです。失礼ですが、翻訳が必要でしたらお手伝いいたしますが」

「大丈夫だと思います」

女性がペーパーナイフで封をきって瑶子に渡した。

『ネスタ＆ハモンド・バニラ・ファクトリー』というレターヘッドの薄いブルーの便せん二ページにタイプされ、最後にジンジャーのサインがあった。

「僕たちの美しい友人、ヨーコ。

コスタリカの思い出は今でもきみの心に残っているかい？

ジェフリーを今でも愛しているかい？

きみが歌った〝おいしい水〟は、僕とジェフリーを感動させた。

僕たちがまだアマチュアだったころに演奏していた曲で、ジェフリーのガールフレンドがヴォーカルを担当していた。気づかなかっただろうが、きみがポルトガル語で歌い始めた時の彼の驚いた表情をみせたかったよ。

この手紙を書いたのは、ジェフリーの最後の贈り物を届けるためだ。実はコスタリカのバニラ農園に彼も投資をしていた。そして『もし自分に何かあったら、次の三人の女性に農園の権利を譲ってほしい』と話していた。飛行機に乗る機会が多い職業だからだ。

ひとりはブラジルのレティシア――ジェフリーは彼女のことをきみには伝えたと言っていた――もうひとりはアメリカ人のある女性、そしてヨーコ、きみが農園の二区画の権利を引き継ぐ三人目だ。

コスタリカに来る必要はない。僕がロサンゼルスの法律事務所と交渉して話をまとめあげた。きみは毎年、バニラ農園二区画の売り上げを受け取る。ジェフリーはああいう男だから世界中にガールフレンドがいる。だけど三人だけが選ばれた。

どうか、彼を一生、愛し続けてほしい。僕もロージーもしばらくは深い悲しみにうちのめされたが、彼が愛した女性のためにしなければならないことがある、そう言いきかせて涙をこらえてこの手紙をタイプしている。

あとは、すべて弁護士が手続きをしてくれる。

アメリカに来る機会があればコスタリカまで会いに来てくれればうれしい。僕がギターを弾くから〝おいしい水〟を歌っておくれ。天国のジェフリーに聞こえるように大きな声で歌おう。

ヨーコ、僕たちはあまりにも大きなものを失った。きみの悲しみを想像するだけで胸がしめつけられる。しかし、道はどこまでも続く。歩みを止めるわけにはいかない。僕たちは彼の分まで、強く生きよう。彼がそう言っているのが僕には聞こえる。

ただひとつ、お願いがある。

毎年、クリスマスにカードを送ってくれ。

きみが元気で生きている証《あかし》がほしい。それだけだ。

ヨーコ、これからの長い人生がどんなにつらくとも、ジェフリーとの一週間を思い出すんだ。

ジェフリーのファンや仲間たちも今は悲しみにくれているが、やがて少しずつ忘れていくことだろう。

だが僕たちの心の中でジェフリー・ハモンドは永遠に生き続ける。

きみのコスタリカの友人
ジンジャーより」

動揺する瑤子の涙が、手紙の上にポタポタと落ちた。

「大倉様、お気持ちはお察しいたします。少しのあいだ席をはずしましょうか？」

「いいえ、だいじょうぶです」

バッグからハンカチを出し、号泣しそうになる寸前で涙をぬぐった。

瑤子が落ちつくのを待って小林は話し始めた。

「ネスタ様からの手紙に書かれていたと存じますが、大倉様にコスタリカのバニラ農園の権利が譲渡されます。事務手続きはわたくしどもがいたします。毎年、コスタリカからアメリカ経由で小切手が送られてきますが、大倉様の銀行口座に日本円でお振りこみすることも可能です。いかがなさいますか？」

今の瑤子にはそのような枝葉末節《しようまっせつ》なことはどうでもよかった。

無言でうなずくと契約書がうやうやしく差しだされ、内容も見ないまま三通の書類にサインをした。そして四通目にはガーナーもサインし、封筒に入れて瑤子に渡された。

ジェフリーの非業《ひごう》の死から半年後、「Memories of a philosopher（ある哲学者の思い出）」と銘打ったトリビュート・コンサートがマディソン・スクエア・ガーデンで催された。

当日の楽屋は世界中のスーパースターたちであふれかえり、一九八五年の『ライブ・エイド』以来だとメディアは驚愕した。

ジェフリーは生前、およそ五十人ものミュージシャンとセッションをし、すべてがレコードとして発売されている。それらのミュージシャンたちが入れかわりたちかわりステージに現れ、ジェフリーが弾いたベースラインをマーカス・ミラー、スタンリー・クラーク、クリス・スクワイア、ラリー・グラハム、スティング、ジャック・ブルース、ゲディ・リー、ジョン・ウェットン、アンソニー・ジャクソン、ネーサン・イースト、レス・クレイプール、ジェフ・バーリン、フリー、ビリー・シーン、ジョン・ディーコン、グレッグ・レイク、チャック・レイニー、ヴィクター・ウッテン、トニー・レヴィンらが、彼らなりの解釈で弾いた。

その中には、かつてフランクフルトの空港で、五分間だけ抱き合うためにトランジットをしたベーシストの懐かしい姿もある。

午後四時から夜の十時まで、三十分の休憩をはさんで数々の名曲をビッグスターたちがジャム・セッションをした。ライブはＭＴＶが世界中に生中継し、瑤子も衛星放送で六時間のコンサートを見ていた。放映権や発売予定のライブ・アルバムの収益金をジェシカが放棄したため、『ジェフリー・ハモンド基金』としてミュージシャンを目指す若者たちへの奨学金として使われることになっている。

コンサートの終盤、司会をしていたＤＪはいったん歓声が落ちつくのを待って、おもむろにマイクに向かった。

「ジェフリーを、ジェフリーのベースを、そして彼の作曲した多くの曲を愛するファンのみんな、ここにいるべき重要な人がいない……ときっと思っていることだろう。フィラデルフィアの少年を世界一のベーシストにするのに大きな役わりを果したあのギタリストだ。みんなで彼の名前を呼ぼう。大きな声で、コスタリカに届くように！」

ＤＪがもったいぶってマイクを観客の方に向けると、「ジンジャー！　ジンジャー！」と手拍子と共に大きな声があがる。

舞台のそでから、杖を手にしたジンジャーがジェシカに手をとられて出て来た。観客の歓声は嬌声に変わり、テレビの画面ではまるで嵐の海がうねるかのように見えた。

誰かが椅子を用意し、スウィーティーが彼の肩にかけられた。


二〇一八年、八月の末、イタリアのセリエA《アー》のシーズンが幕を開けて二週間がたった。瑤子は午前二時にパソコンを開いてユベントスのサイトを見る。先発メンバーのリストに「ミッドフィルダー　ジェフリー・オークラ」の名前を確認して、午前三時半から始まる試合をテレビで予約した。

ジェフリーから短いメールが入っている。

「お母さん、今夜も先発だ。絶対にゴールするから見ていてね。ところで対戦相手のチームにも、ジェフリーという名前のブラジル人選手がいるんだよ。髪型も同じカーリーヘアーで、みんなに言わせると顔も似ているらしい。もしかすると兄弟なのかもね（笑）」

III

LEMON SONG

レモンソング

金色のレスポールを弾く男

四年前に音楽活動の完全休止を宣言し、再起不能とさえ囁《ささや》かれていたクライウーマン復帰のニュースに、ロックファンは沸き立った。それほど復活が待たれていたギタリストである。

新しいCDが発売され、日本武道館でおこなわれる五日間のチケットはたちまち完売、さらに二日間が追加されファンは熱狂的に来日を待った。

美夏《みか》にとって、それは単なる人気ギタリストのカムバック以上の意味をもっている。すべてはクライウーマンが活動を休止する三ヵ月前に、『ミュージック・ワールド誌』に撮影した写真から始まった。発行部数で他の追従を許さない『ミュージック・ワールド』は、なんとかクライウーマンを撮影スタジオまで連れ出そうと目論《もくろ》んだが、マネージャーやプロモーターは、時間の都合がつかない、一社だけに特別なサービスはできないとの理由で、ホテルの庭での撮影しか許されなかった。

十一月の午後、澄みきったブルーの空が緑の池に反射し、セルロイドを重ねたような不思議な色をかもしだしている。美夏はそこにオレンジ色のもみじが数葉《すうよう》浮いているのを見て、これだと確信した。

「クライウーマン、池に顔を映してみて」

そう注文すると彼はすぐに意図を理解し、やわらかな表情で池をのぞきこんだ。

気むずかしいことで有名なギタリストのめずらしい笑顔だ。

カメラのシャッターが三十秒ほどけたたましい音をたてる。

フィルムを二ロール使用しただけの短いフォト・セッションだが、ホテルの部屋で編集者がインタビューしている最中に撮影したショットとこれで十分だ。表紙を飾ったのは専属カメラマン、鈴木が撮影したステージ写真だ。もみじのアクセントに縁《ふち》どられてコバルト色のさざ波にひっそりと浮かび上がったクライウーマンの写真は、カラーグラビアのトップに使用された。

鈴木は、「美夏ちゃん、アートに走り過ぎだよ。ファンはピンナップを求めているんだからアート写真は必要ないよ」と皮肉を言った。

ロックファンにはアートではなく、クライウーマンが金色のレスポールを抱いて、そのニックネームの由来になったすすり泣く女にも似たフレーズを弾いている写真やポスターが絶大な人気があるのはもちろん知っている。

しかし、取材したすべてのメディアがホテルの庭で似たようなポーズの写真を載せていた中、美夏の写真は業界でも話題になった。

雑誌が発売されて二週間がたったころ、レコード会社にクライウーマンのマネージメント会社からファクスが届いた。

──『ミュージック・ワールド』のカラー写真を撮影したフォトグラファーとコンタクトをとりたし。至急連絡を請う──

最初はベテランの鈴木かと編集室は色めきたったが、数回ファクスをやりとりするうちに、美夏の写真に興味を示していることが明白になった。彼女にはマネージャーもエージェントもいない。それに撮影した写真の著作権は、すべて出版社に帰属するというのが暗黙の了解になっている。

美夏は編集長と応接室にいた。

「クライウーマンがこの写真を、ワールド・ツアーのライブ盤のジャケットに使用したいと言ってきている。で、美夏ちゃんはどれくらい欲しい？」

編集長はいきなりお金の話を切り出した。美夏にもカメラマンとしての功名心は人並みにある。だが、ここで十万や百万を手にすることが得策だとは思えない。それより一介《いっかい》の日本人フォトグラファーの写真に、クライウーマンが興味を示していることの方が彼女を高揚させた。

「私はクレジットさえ入ればお金は必要ありません」

それが正直な気持ちだったが、編集長は一枚うわてだ。

「だけどね、自分を安売りしてはいけない。相手は金に糸目をつけない大金持ちミュージシャン。僕に交渉をまかせてくれれば、美夏ちゃんにもウチにも良い結果が出るようにするから」と自信ありげにたたみこむ。美夏にもなんら異論はない。

しかし、クライウーマンこと、リッチー・メイヤーは『メイプルリーフ』というタイトルのライブ盤を発売した翌月に、無期限の活動休止を発表した。

マネージメントは「デビューして二十五年間、レコーディング、ツアー、レコーディングと走り続けてきたクライウーマンに、ささやかで静かな数年を与えてほしい」と発表した。

離婚訴訟が暗礁にのりあげ、心臓に病気をもって生まれた子供の存在が訴訟を複雑にしているとの噂がもっぱらだ。アルコール依存症の治療に専念するというのも信憑性《しんぴょうせい》がある。バックコーラスのジャマイカ人とのあいだに生まれた子供の認知問題も、金銭では解決がつかない状況になっているという。

ロンドンを離れて生まれ故郷のサザンプトンに居を移したクライウーマンの消息はぱったりと途絶え、ラスト・アルバムになるかもしれない『メイプルリーフ』は世界中でベストセラーとなった。美夏の通帳には編集長から百万円が振りこまれ、アルバムには美夏と『ミュージック・ワールド』の両方の名前がしっかりクレジットされている。フォトグラファーとしての美夏の立ち位置は一挙にアップし、コンサート会場のオケピットに数十人がひしめいている時でも、好みの場所を確保できるようになった。

『メイプルリーフ』が発売されて三ヵ月後、『ミュージック・ワールド』に英国から美夏あての荷物が届いた。持ち帰って段ボールを開くと『メイプルリーフ』のカナダ盤と、マネージメントから形式的なビジネスレターがタイプされた封筒が入っており、最後に不思議な一行がある。

——レコードを聴いてみなさい——

レコードならもう日本盤を何度も聴いたわ、でも、カナダはメイプルリーフの国だから特別仕様になっているのかしら……そう思いながらLPレコードを取り出すと、中から小ぶりの封書が出てきた。まるでスパイ映画だ、と思いながら封筒をペーパーナイフで開いた。

スコットランドのエジンバラへの往復航空券が同封されている。ヒースロー空港経由ではあるが、いつでも好きな時に予約をとれるファーストクラスのオープンチケットだ。しかし手紙もメモもない。

なぜ、エジンバラ？　リッチーはサザンプトンにいるはずでは……

意図をはかりかねた。封筒にマネージメントの電話番号とファクス番号が印刷されており、マネージャーの名前も知っている。ワープロで手紙を打ち、ファクスマシンを操作した。

『親愛なるイアン、今日、驚くべきプレゼントを受け取りました。カナダのアルバムはとても気に入っています。エジンバラに行くのにも興味があります。いつ、飛行機の予約をすればいいのでしょうか？』

ロンドンは午後三時くらいのはずだ。エジンバラでクライウーマンの写真を撮影できるという意味なのか、さまざまな妄想が頭をよぎり、眠れないままレコードを聴いたりビデオを見たりしていると午前二時ごろ電話が鳴った。

「ハロー、ミカ？　私はシャロンよ、イアンの秘書をしているの。カナダについての電話よ」

「イエス、ミカスピーキング」

あわててステレオのボリュームをおとす。

「リッチーは今、エジンバラに住んでいる。あなたを招待したいので、好きな時に飛行機を予約してエジンバラに来てほしい。そして好きなだけ滞在してほしいとリッチーからのメッセージよ」

間をおいて尋ねた。

「それって、フォトグラファーとしての仕事ですか？」

「いいえ、ミカ、これはプライベートな招待で『オペレーション・カナダ』という作戦なの。日本の誰にも話してはいけない、エジンバラに来ることも、リッチーに会うことも私とイアンしか知らない秘密。もしあなたが誰かに話したらオペレーションはなくなる」

やっぱりスパイ映画だ。

「シャロン、わかったわ。飛行機を予約したらまたファクスで連絡します」

「ミカ、さっきも言ったようにこれはプライベートな招待だから、カメラはスナップ写真を撮る程度の小さなものを持ってくるだけよ」

電話を切ったあと、『なお、このメッセージは五秒後に自動的に消滅する』という例の声が流れるのではないかと錯覚したほどだ。

フリーランスで仕事をしている彼女がちょっとした休みをとるのは簡単だ。『ミュージック・ワールド』や仕事をもらっている出版数社に「ヨーロッパに古城の写真を撮りに行きます。帰りはなりゆきなので、二週間くらいは日本にいません、あしからず」と電話をいれたが、『オペレーション・カナダ』という秘密をかかえてのアリバイ工作はちょっとだけ楽しいものだった。

午後一時過ぎにヒースロー空港に着いた。シャロンの指示にもかかわらず、カメラは三台、フィルムは百ロール近く用意した。『オペレーション・カナダ』が不発に終わった場合、ヨーロッパの風景を撮影して、フォト・エージェントにあずけておこうという下心があったからだ。大きなスーツケースを引っぱってトランジットのために降り立つと、［Operation Canada］という紙を掲げためがねの女性が叫んでいる。

「ミカァ〜〜！　シャロンよ。ウェルカム・トゥ・イングランド」

「シャロン？　出迎えありがとう」

「エジンバラ空港にも迎えのスタッフが来るわ。ちょっとだけ私についてきて」

美夏と同じくらいの身長で体重は彼女の二倍ほどあるシャロンは、紫色の髪をしており、有名マネージメント会社のベテラン秘書らしい貫禄がある。

「こっちよ」とシャロンがひっぱって行ったのは空港内にある銀行だ。『あ、そうだわ、まず両替をしなくては』とバッグから財布を取り出すと、彼女はそれを手で制し、自分のバッグから小切手帳を出してサインをした。

「あなたのお金はとっておきなさい。ここは私に任せて」

三分もしないうちにポンド札の厚い束が出てきて、美夏のバッグに押しこまれた。「それからこれは遅いランチ」とハロッズのロゴがついたキャンバストートを渡した。

「写真は撮ってもいいけれど、リッチーとイアンの許可があるまでどこにも発表してはいけない。現像も自分でしてね」

「だけど、シャロン、なぜ私がエジンバラに行くの？」

「オー、ベイビー、心配するのはすごくわかるわ。あなたはこれから起こるあることの選ばれた目撃者になるの。なぜあなたが選ばれたのか、私にもイアンにもわからない。くりかえすけど、スナップ写真だけは撮っていいから」

シャロンはトランジット・ゲートまで送ってくれ、最後に分厚い体でハグをし、「楽しんでね」とほほえんだ。エジンバラ行きの飛行機の中でシャロンから渡された札束を数えてうなった。五十ポンド札が三十枚、十ポンド札が十枚もある。

二時間のフライトでは、マスタードのきいたハムときゅうりのサンドイッチを食べ、少しだけ眠った。横に二列ずつしか座席のない新幹線よりちいさな飛行機だ。シャロンは迎えが来ているからと言ったが、そこにも［Operation Canada］の紙を掲げた二十歳《はたち》そこそこの男女が立っている。ふたりもすぐに美夏を見つけた。

「ミカ、僕はレイモンド、レイと呼んでくれ」。若い男はクライウーマンの日本ツアーで販売されていたTシャツを着て、その上にジージャンをはおっている。「ハ〜イ、私はサラ、エジンバラにようこそ。車に案内するわね」。パンク風のファッションにしてはふたりとも礼儀正しく、慣れた動作でスーツケースを引いてくれた。

「これから二時間ドライブするから眠っていてもいいよ」。車に詳しくない美夏にも高級車とわかるジャガーの後部座席に座った。ふたりは恋人らしく、おだやかな会話を交わしている。

ジャガーはエジンバラのあまり大きくない市街地を抜け、三十分もすると森や山道を走っていたが、美夏は時差ボケに耐えきれず睡魔におそわれてシートに身体をあずけた。

車が止まり、「プリンセス、お城に着きました」と、サラがやさしい声でささやいた。目を開けた美夏が見たのは、夜の八時だというのにまだ明るい空だ。大きな農家とホテル風の白いコテージ群が、暮れ切っていない濃紺《のうこん》の荒野に出現した。

かつては、いや、今もそうかもしれない農家はテニスコートと同じくらいのサイズだ。その横に真新しいコテージが一ダースほど半円形に並んでいる。車寄せはバーベキューができる広場になっており、コテージの前の花壇には、春の花々が咲き競っている。

「今晩は疲れているだろうからぐっすりお休み。その前に僕が作ったラタトゥーユを食べてね。こう見えても僕はシェフなんだ」

レイはスーツケースをコテージに運び入れ、「着替えなどもあるだろうから三十分後に迎えに来る。リラックスしていていいよ」と鍵を渡した。

「もっとも、鍵なんてかける必要ないんだけど」

十畳ほどのイタリア風インテリアのリビングには、ふかふかの大きなソファとテーブル、キチネットとバー、そして冷蔵庫にはワイン、ビール、ソフトドリンク、ミネラルウォーター、チョコレート、ナッツ、ポテトチップスなどが並んでいる。隣の部屋のダブルベッドには中東風のカバーがかかっている。バスルームで下着を脱ぎ、汗ばんだ身体や首まわりを濡らしたタオルで拭いて、顔を洗い、歯を磨いた。

ジーンズと紫色のセーターに着替え、映りの悪いテレビを見ていると、レイがドアをノックする。

「ミカ、シェフがお迎えに来たよ」

農家までの百メートルを歩きながら「で、リッチーはどこにいるの?」と不安げに尋ねた。

「今はスコットランドのどこかで釣りをしている。今晩はキャンピングカーに泊まって、明日《あす》ロイド・パクストンと一緒に戻って来るよ」

「ロイド・パクストンって、あのヴィーナス&マースの?」

「そうだよ。どのロイド・パクストンがリッチーとセッションするのさ」。レイはまるで隣のおじさんの話をするように、ロイド・パクストンの名前を口にしてちょっと笑う。

『セッション……しかもロイド・パクストンと……』

世界のロックシーンを劇的に変えて、あっという間に解散したバンドのギタリスト。

インド音楽と仏教にのめりこみ、しばらくはチベットで出家生活をおくっていた神秘的な男だ。インタビューはいっさい受けない、私生活は厳重にガードされ、一枚の写真でも五万ドルの値がつくといわれている。

『いったい何が起ころうとしているの？』

心臓の音が自分にも聞こえるほど高なった。同時に、ちょっと読めてきたと思った。

古い農家の外観は灰色に変色していたが、中には大きな暖炉があり、最後の晩餐のような長い木のテーブルに数人分の食器がセットされている。

「ミカはクスクスって知ってる？」

「ええ、モロッコかアルジェリアの食べ物でしょ。大好きよ」

「じゃあ、ラタトゥーユと一緒に食べる？」

「うれしいわ、レイ」

キッチンで手伝いをしていたサラが、スープの鍋を片手にテーブルについた。

「もうひとりは？」

「レイジー・ジョージだ。さっきまでここでベースを弾いていたけど、どこに行ったんだろう」

『レイジー・ジョージって……また、すごい名前が出たわ。もう驚かないから』

ロック界最強のギタリスト、ジミー・パートリッジ・トリオのベーシストだった男だ。

レイとサラがフォークを手にとったのを見て、美夏も食事に手をつけた。薄味のおいしいラタトゥーユとオリーブがかかったクスクスを、スコットランドで食べられるなどとは思ってもみなかった。

あまりプライベートなことには触れまいと遠慮がちに尋ねた。

「サラもレイもリッチーのマネージメントで働いているの？」

サラは六〇年代のファッション・アイコン、マリアンヌ・フェイスフルを彷彿《ほうふつ》とさせる哀愁を帯びた美貌の少女だ。ブロンドに染めた短髪が似合っている。

「いずれわかることだから話しておくよ」

レイが口を開いた。

「僕たちはふたりとも親に見捨てられた孤独なティーンだった。僕の母親は十六歳で僕を産み、それからも色々な男の子供を四人産んで、最後の男と刃傷沙汰になり、今は刑務所に服役している。弟や妹は孤児院にひきとられたが、僕は十六歳になっていたので自分の意志で自立の道を選んだ。

ある日、コンサートホールの裏口で楽器を盗もうとうろついていたら、そうとは知らないローディーが声をかけてきた。これから六時間、機材の搬入と搬出を手伝ったらチケットと二十ポンドをあげるからどうだい、って。楽器泥棒がローディーに出世しちまったってわけ」

三人は顔を見合わせて笑った。

「そのローディーの家に居候《いそうろう》して、あれこれ手伝っていたんだけど、しばらくしたらリッチーが会いに来た。僕の身の上話をきいて、僕にシェフになるつもりはないかと尋《たず》ねた。シェフを養成する学校に行かないかって。それから三年間、リッチーがスポンサーになってフランスとスイスの料理学校に通わせてくれた。ラッキー過ぎて信じられないだろう？」

「それから……」

とレイはサラに目をやった。

「私は母の再婚相手にレイプされ、十五歳で家出してロンドンに来たの。義父からくすねたお金でタトゥーを入れに行ったところでレイに会い、すぐに彼と暮らし始めた。リッチーが私に介護士の資格をとりなさいと言ってくれた。私も手に職がほしかったからその話にとびついたわ。半年間、リッチーの援助で訓練所に通った。今ではリッチーがツアーでイギリスにいない時、介護士として働いている」

「僕たちの給料はリッチーから出ている。マネージメントはもちろんこのことを知っているけど、あそこは口が堅いし完璧な仕事で有名なんだ」

中年の男が食堂に入って来た。

「いい匂いだ。レイの料理はいつも最高だ」と、もっさりとした動作でテーブルにつく。

美夏を目にとめると「オーマイガッ、ミス・メイプルリーフ！」と声をあげ、テーブル越しに手を伸ばした。大きな節くれだった手、今もロック史に燦然《さんぜん》と輝くギタリスト、ジミー・パートリッジの狂気に満ちたギターと共に数々の名曲を世に出したベーシストの手だ。

ドラッグとアルコールの過摂取のため三十二歳で早逝したパートリッジは十五年の時を経た今でも、ありとあらゆるギタリスト・ランキングで不動の一位を獲得している。

「ミス・メイプルリーフは明日《あす》からのセッションのために呼ばれたのかい？　でも、すべては十年後まで秘密なのは知っているよね」

レイジー・ジョージは写真や映像で見たのより小柄で、時代遅れのサラサラのマッシュルームヘアーをしている。

「メイプルリーフではなくて、ミカと呼んでね。だけど、なぜ私が呼ばれたのかわからないわ」

「教えてあげるよ、ミス・メイプルリーフ。日本公演から帰ってきたらリッチーは毎晩おれに電話をしてきて、日本のマイクってフォトグラファーにお熱だって話すのさ。マイクって……？　おまえ、女だけじゃなく男も好きになったのかといぶかしがっていたら、マイクじゃなくってミカ、あんたのことだったのさ」

フォークを持つ美夏の手が止まった。サラとレイがレイジー・ジョージに『それマズいよ』と目配せをしている。その予感がなかったといえば嘘になる。リッチーが私を招待したのはフォトグラファーとしてではなく、それが目的？

数々の女性遍歴でも名をはせるリッチーの夜のお相手をするため？

レイジー・ジョージはさすがに、自分の軽口を後悔しているようだ。

「マイク……じゃなくてミカ、世界で一番クレイジーなギタリストと八年間、嵐のような毎日を過ごし、天国も地獄もたっぷり見たおれが保証するよ。リッチーはいい奴だ。みんなと同じようにちょっと心にキズをかかえている。時々、酒やドラッグ、女にも手を出すけど、おれと釣りに行く時なんか、そのへんのパブで飲んだくれているおやじと変わりない。女房の愚痴を言い、マネージャーをからかい、音楽仲間のゴシップを笑い飛ばしたりする。楽しむんだ、ミカ。こんなセッションは世界で二度とない」

食事が終わると四人は暖炉の前の大きなクッションにころがり、クッキーをつまみながら紅茶を飲んだ。

問わず語りにレイジー・ジョージが話し始めた。

「おれはジミーが死んでからというもの、酒とドラッグ漬《づ》けの空《むな》しい毎日をすごしていた。バンドは消滅し、大勢いたとり巻きやガールフレンドがあっというまにいなくなった。そんな時、チベットから帰って来たロイドが、一ヵ月後にインドに行くから一緒に行こうと誘ってくれた。チベットは政情が不安定で滞在ビザもおりなくなった、だからインドのラダックという町の寺に住める手配をしてある、そこで泣くなり笑うなり、踊るなりハイになるなり、なんでもできる、僕と瞑想をするのもいいぞ、ベースギターを持って来たらセッションもできる、と。

ロイドもちょうどあのきれいな嫁さんを、イタリアのサッカー選手に寝とられたばかりだった」

シャーリーとアレッサンドロのスキャンダルは、タブロイド紙を盛大ににぎわせた。

「ラダックはインドの北部にあるきれいな町だ。カルカッタやボンベイとは違って、洗練されたインド人が住んでいて、お寺もまるで教会みたいな雰囲気だ。おれはすぐにインド料理にも慣れて、午前中は瞑想をし、昼寝をしてから夕方、ロイドとセッションをしながら曲を作った。一ヵ月で三曲が完成した。だけど、さてこれをどのように発表する？　というところで、壁にぶつかった。ふたりとも名前だけはそこそこビッグ、いやロイドはスーパービッグだけど、その時はレコード会社との契約もない。八三年か八四年だったかな。LPレコードがCDにとって代わられようとしていた。レコーディングの手法もどんどんデジタル化され、おれたちの時代のようにスタジオで一発勝負なんていうのが必要なくなっていた」

美夏の眠そうな顔を見たレイジー・ジョージが声をかける。

「ミカ、おれの話は退屈だろう。明日から聞かされるだろうリッチーの冒険談にはかなわないよ。ところでミカが最初に見たコンサートはなんだい？」

「私は運がいいことに十四歳の時、父とヴィーナス＆マースを武道館で見たわ。彼らの最後のツアーだった。それからすぐに簡単なカメラを買ってくれて、フォトグラファーを目指すようになった」

「ほお、ヴィーナス＆マースを見たのか。ロイドは日本のファンは熱狂的でホテルから一歩も出られなかった、だけどこっそり抜け出してインペリアル・パレスを見たのはいい思い出だって言っていたな」

「僕たち、まだ生まれていなかったね」

「いいよなあ、若いお前さんたちは。ところで話を元に戻すと、おれとロイドはインドから帰るとリッチーの家に遊びに行った。リッチーはそのころ、アルコール依存症でカンタベリーの家に引きこもり状態だったが、おれたちはこんな曲があるんだけど、って演奏して聴かせた。もしかしたら奴がレコーディングしてくれるかもしれないという淡い期待があった。

ところが、彼の反応はまったく反対で、酔っぱらってはいたが冷静にものごとを判断する力はすばらしかった。

こう言ったんだ。

『ふたりともこの三曲を大事にとっておいてくれ。実は最近、ローリング・サンダーのミッキー・ケリーと話した。彼も僕も同じようなことを憂《うれ》えていた。六〇年代のように生々《なまなま》しいロックのパワーがどんどん失われている、ロックがリアルじゃなくなった、と。CDの普及やデジタル録音の発達により、レコーディング形態やリスナーがロックを聴く方法が劇的に変わってきている。僕たちが死ぬころには、CDもプレイヤーすらなくなって、たとえば【A3】とコンピュータに打ち込むだけで、聴きたい音楽が空からおりてきて聴ける時代になっているだろう。

僕とミッキー、レイジー・ジョージ、ロイド、あとは誰だ？　キーボードのグレッグ・リバース、ドラムならジョン・ホワイト？　このメンバーで今の時代をレコーディングし、それをタイムカプセルに詰めて十年後か二十年後に発売するっていうのはどうだろう』って突拍子もないことを言い始めた。無理にきまっている。みんなレコード会社もマネージメントも違うし、楽曲の著作権やレコード会社も利害関係が、あまりにも複雑すぎる」

レイが暖炉に薪をつぎ足した。

「あと五分だけ我慢して聴いてくれ。だけどリッチーの提案は魅力的だった。想像できるかい？

世界一のギタリストと八年間ベースを弾いていたおれさまと、世界で二番目にすごいギタリストのリッチーと、いや、ジミーが死んでからは世界で一番になったけど、世界最高のバンドでギターを弾いていたロイドが、レコード会社やマネージメントをあざむいて隠《おん》密《みっ》行動をおこそうとしているんだぜ。それにあと数人、エンジニアやプロデューサーを巻きこめば首尾は万端さ」

美夏はあくびをするのも忘れて、レイジー・ジョージの話に聞きいった。

「それから一週間後、リッチーから電話があった。

『僕がすべてを仕切っていいかい？』

もちろんさ。

『決まりだ。作戦はオペレーション・カナダ。カナダでレコーディングするわけじゃない。エジンバラのフォックス・スタジオなら誰にも気づかれない。釣りに行くという口実ができる。みんなのスケジュールの調整は僕のオフィスのシャロンが担当する。口は堅い。それでよければ、プロジェクトは始まる』

『オペレーション・カナダ』というのは多分、やつの最新作、『メイプルリーフ』からイマジネーションを得たんだろう。そんなわけでおれたちはここにいるのさ。さあ、お子さまたちは寝る時間だ」

暖炉の前のおとぎばなしはそこでお開きになり、コテージに戻った美夏は、なんとけたたましい一日だろうと、うれしさと不安が入りまじったため息をついた。やわらかいベッドに沈みこみながら二十時間ぶりの深い眠りに落ちた。

コテージのドアが開いたような気がしたが、まだ夢の中にいた。

「ミカ、おはよう」。サラが紅茶とビスケットをのせたトレイをベッドサイドのテーブルに置く。鍵をかけ忘れたのか、サラが合い鍵を持っていたのかは寝起きの頭で考えるのは無理だ。

「ありがとう、サラ。おはよう」

「リッチーが十時ごろに帰って来るから準備をしておいてね」

いよいよ主役の登場だ。そのひとことで美夏の頭は完全に回り始めた。まだ二時間ある。

パジャマのまま紅茶とビスケットを口に入れた。シャワーを浴びたがドライヤーがなかった。高級ホテルに宿泊しているわけではないから仕方がない。リッチーはきっといつもの白いシャツにぴったりした革のズボンだろうなあ、と考えながら、ローラアシュレーのブラウスを着てジーンズを穿いた。

耳にオパールのちいさなピアスをつける。

さて、どうしよう、ここで待つの？　それともリビングに行くの？

迷ったが農家まで歩き、昨夜、レイジー・ジョージのとびきりおもしろい話をきいた暖炉の前のソファに座った。きのうは薄暗くて見えなかったが、多分、百年ほど前の豪農の家だろう。何本もの太い梁《はり》が三角の屋根を支え、暖炉のススで飴色に変色している。

サラが「紅茶をもう一杯いかが？」と言ったが、「サンキュー、バット、ノーサンキュー」と答え、ローテーブルにあった新聞を開いて読むふりをした。

「よお、ジャパニーズ・レディ、おはよう。いい朝だ。おれの好きなレコードをかけよう」

レイジー・ジョージが持ってきたのはイエスの『フラジャイル』だ。

「あなたのブルース・バンドとは全然ジャンルが違うわね」

「ミカ、イギリスの音楽業界は案外狭いんだ。ジョン・アンダーソンとおれは十三歳のころからの親友なのさ。売れる前にはしょっちゅうつるんでいたけど、クリス・スクワイアって超天才が現れたもんで、おれはジミーのところにいったってわけ。結果オーライってことだな。神様はちゃんとパズルの正解を知っている」

スティーブ・ハウのギターにクリス・スクワイアのベースがからみ、ジョン・アンダーソンの透明感ある歌声が流れるこのアルバムは美夏も大好きだ。

表で車の音がした。レイが小走りに出て、何人かの男の声が聞こえる。

「クライウーマンがご到着」

レイジー・ジョージがソファから腰を上げた。

農家に入ってきたリッチー・メイヤーは、まさにパブでビールをぐびぐび飲んでいるイギリスの中年男そのままである。

有名なチャーミングな巻き毛はぬれて頭にはりつき、カモフラージュ柄のだぶだぶのズボンにカーキ色のミリタリーセーター、それに釣り人が好むポケットがたくさんついたベストという誰も見たことがないクライウーマンの姿だ。

美夏と握手するでもハグするでもなく、「やあ」と片手を上げただけだ。

キャンピングカーからレイが荷物を降ろしている。もうひとりのやはりパブの客みたいな男はロイドだ。ロイドもリッチーと似たような格好をしていたが、インドで深い友情をはぐくんだレイジー・ジョージと抱き合った。

「おまえ、魚くさいぞ」とレイジー・ジョージはさっそく親友ならではの毒舌をかます。

「その魚が今晩の食事になるんだ。おまえだけニンジンでもかじってろ」

ロイドが苦笑しながら返した。

リッチーとロイドはキッチンを通って農家の奥に入っていった。

レイとサラは、魚がはいっている大きなビクをキッチンに運んでいる。

レイジー・ジョージが今度はキング・オブ・ナイトの〝スターライト〟をかけながら、ジョン・ウィルソンのベースラインをコピーしている。美夏はジョンのフォト・セッションをした時、火遊びをしたこともあるミュージシャンだ。

「私は何百回この曲を聴いたかわからないくらい好き。特にベースをコードストロークするエンディングはロック史上最高の演奏だわ」

美夏の言葉にレイジー・ジョージは驚いて顔をあげた。

「日本のフォトグラファーまでそういうのか！　これは神曲《かみきょく》なんだ。二度と同じ演奏は再現できない。スタジオで一発どりしたといわれている名演奏だ。同じベーシストのおれからみれば、ミュージシャン冥利《みょうり》に尽きる。ジョン・ウィルソンはパートリッジのコンサートをよく見に来ていた。もっともまだ十五歳の若造だった。しばらくするとなぜか顔パスで入れるようになって、いつもおれの前に陣取ってベースを弾くのを見ていた」

レイジー・ジョージと六〇年代のロックの話をしていると、リッチーがキッチンの横の細い廊下から出て来た。シャワーを浴びたらしくまだ髪は濡れており、黒いTシャツにジーンズで、靴下すらはいていない。彼はステージでもオフでも、黒か白の服しか着ない。それにジーンズのインディゴ色が加わる程度だ。

話しこんでいる美夏に手を差し出して立ち上がるようにうながし、初めて、しかし儀礼的に軽く抱いた。

「エジンバラまで来てくれてありがとう。カナダのLPレコードの中にチケットを仕込んだのは僕だ。きみを試してみた。メッセージを見てくれるかどうか知りたかった」

「そんなこと気にしなくていいわよ。招待してくれてありがとう」

「ちょっと表を散歩しよう。このコテージの周辺を見せてあげるよ。靴を履いて上着を持ってくるから待っていて。きみも上着を着た方がいいかもしれない」

軽く肩を押されて農家の大きな扉を出ると、いったいどこを案内するの？　と思うほど何もない荒野が広がっている。ところどころに灌木《かんぼく》の茂みがあり、さっきキャンピングカーが帰ってきた道はぬかるんでいた。

「今から始まるのは世界でも前例のない隠密作戦なんだ。フォトグラファーとしてきみを選んだのは、イギリスやアメリカのフォトグラファーのようにしがらみがなくて、写真がどこにも流出するおそれがないという確信があるからだ」

「その確信はどこからくるの？」

「僕はこれでも鋭い直感をもつ男だといわれている。本物と偽物をかぎわける力、そのおかげでギタリストとしてとりあえずは成功をおさめた。ミカの写真を見た瞬間、この人は本物だとわかった。なれ合いで撮影する英米のフォトグラファーとは違うセンスを嗅ぎとった。

それから……もうひとつの理由は、きみにまた会いたかったからだ」

天下のギタリスト、クライウーマンが照れながらちいさな声で言った。

「リッチー、そのことは昨日、おしゃべりジョージが話してくれたわ」

「で、なんだって？」

「リッチーが日本でマイクっていうフォトグラファーと恋におちて、ゲイになって帰って来たって」

草原の真ん中でふたりは爆笑した。

二十分くらい歩いただろうか、立派な屋敷が見えてきた。三階建ての明らかに貴族の館だ。

「あれがこの領地の伯爵の屋敷でザ・フォックスと呼ばれていた。最後の領主が屋敷を売りに出したが買い手がつかなかった。

もう三十年近く誰も住んでいないから、荒れ果てているだろう。

農家は伯爵家の小作人頭《がしら》、農地のマネージメントをしていた人の家だ。六年前に農家を買ってスタジオに改修し、コテージを建てた。『フォックス・スタジオ』と呼ばれている。スタジオであるとともに、秘密の隠れ家でもある。釣りに行く時や、作曲に専念したい時はここにこもる。あと、妻やマスコミから逃げたい時にも」

フッと自虐的に笑った。

「屋敷の凋落で村もさびれてしまい、パブが二軒と雑貨屋が一軒あるだけの寒村になってしまった。

今度はスタジオを案内するよ。ミカはいつまでここにいられる？　帰りのチケットはどうしている？」

「十日間の滞在予定にしている」

「もうちょっと長くいられる？　ヴォーカルのミッキーがレコーディング中で、合流が遅くなるかもしれない」

「でも、私にも日本で仕事があるので長くは留守にはできない」

「そうだよね。いざとなったらロイドと交渉して、五万ドルで売れるような独占写真を撮れるようにしてあげるよ」

他愛もない話をしながら農家に戻り、リッチーは裏口に連れて行った。かつては山羊《やぎ》やニワトリが飼われていたのだろう。いくつかの小屋やケージが空のまま残っており、裏に広がる畑には小麦やじゃがいもが野生化して茂みをつくっている。

キッチンを挟んで分厚い扉を開くとスタジオが現れた。

美夏も仕事柄さまざまなスタジオを見てきたが、ここはあまり大きくはない。レコーディングする部屋はせいぜい二十畳くらい、ガラスを隔ててミキシングルームがあり、横のラウンジにはビリヤード台とソファが置かれている。

「知らなかった、あなたがスタジオをもっているなんて」

「レコーディングより、プリプロダクションに使用されることが多い。機材はエンジニアのトレイシーと僕がデザインした。ローリング・サンダーはここがお気にいりなんだ。

一九八〇年に僕が世界中のありとあらゆるアリーナと野外フェスティバルで演奏したのを覚えている？　ソ連でコンサートをした最初の西側のミュージシャンにもなった。西側がボイコットしたオリンピックが催されたスタジアムに十万人が集まり、マスコミからは非難されたが、あの年は三六六日のうち二百日は演奏していたね。その年の収入をすべてつぎ込んでここを作った」

すでに美夏は頭の中で、ここでどんな写真が撮影可能かを想像していた。

「それから……ここが僕の秘密の部屋」

次に向かったのは農家とは別棟《べつむね》になっているちいさな家で、扉は開いていた。

「ここは伯爵が来た時に使用されていた特別な家で、すぐに自分の住居にすることに決めた」

なるほど、伯爵が小作人頭を訪れる時の応接室だったのだ。

インテリアはシンプルで、もちろん暖炉があり、隣の部屋にはやはり中東風のカバーがかかったベッドが置かれている。

リッチーが含み笑いをしながら言葉を続けた。

「だけど、本当は伯爵が何に使っていたか……わかる？」

「あら。もしかして、愛人との逢い引きの場所？」

「ビンゴ！　小作人と会うためにこんな豪華なベッドルーム必要ないよね」

笑い転げている美夏のウエストに手をまわした。

「それから百年後、新しい領主さまが同じことをしようとしているわけさ」

その時、レイが「ランチだよ」と部屋の入り口で叫んだ。

ランチはキーシュとサラダという簡単なものだったが、テーブルに集まったのは、かつても、そしてこれからも永遠にない豪華な男たちだった。

リッチーが口を開いた。

「ロイド、紹介するよ、ミカ、またの名を」

「ミス・メイプルリーフ」とロイドが言葉を引きとり、食卓は軽い笑いに包まれた。

「彼女が撮影する写真は、このオペレーションが世に出るまで、絶対に公《おおやけ》にはならない。僕の、そうだなあ……僕の七十本のギターを賭けてもいい」

「ほお、七十本のうち六十九本は僕にとってはクズだ。だけど、ゴ・・・ールデン・・・フォ・・・ックス・・・を賭けるっていうのなら話は別だが」

ロイドがにんまりとほくそ笑む。

リッチーの数多くの名曲を生んだ、世界一有名なレスポール・ゴールド・トップのニックネームだ。

「いや、いくらきみでもあの金色のキツネだけは手離せない」

リッチーは小さく笑いながらきっぱりと首を横にふる。

「まあ、当然だ、言ってみただけだ、リッチー。だけど用心しろよ、あのキツネをねらっているギタリストがきみのそばに座っていることを」

いかにもギター好き同士らしい会話のあと、ロイドは美夏を見た。

「ミカさん、日本人のきみに初めて秘密を明かすけど、去年、日本に行ったんだ。ひげをはやしてキョウトのモスガーデンに二週間滞在した。ラダックの僧侶がモスガーデンと親しくて特別な紹介状を書いてくれ、毎日瞑想をして、お経を唱えた」

「それって東芳寺《とうほうじ》?」

「そう、トウホウジ！　人気のあるお寺らしいけど、僕は見習いの僧侶たちと一緒に粗末なヴェジタリアンの食事をし、大きな部屋でフトンに寝た。モスガーデンは朝早く、参拝の人たちが入る前だけ見ることが許されていたけど、あんなきれいな庭は世界にひとつしかない」

モスガーデンを散策するロイド・パクストン。

フォトグラファーなら誰もが撮りたい画像である。

キーシュをつつきながら、伝説のバンドでギターを弾いていたロイドは饒舌《じょうぜつ》だ。きっと、話が通じる日本人と話したかったのだろう。

「外国から修行にくる偏屈者は僕だけではなかったが、若い見習い僧が僕の正体に気づいてね。掃除をしながら僕の前で〝ジェントル・ギター〟を口ずさむんだよ」

食卓のみんなはほおっと声を上げる。

「ところが彼はほとんど英語が話せない。最後の朝、モスガーデンをふたりで歩きながら僕は三曲を歌った。彼は僕の手をとって泣きやまなかった。そしてたどたどしい英語でこう言った。『私はグレイトなモンクになります。プリーズ・カムバック・プレイ・ギター』って」

ロイドはちょっと鼻声になり、美夏を見た。

「いい話だな、ロイド」とリッチーが言う。

「僕はいつだってロックの力を信じている。特にソ連公演をした時にそれを実感した。平均月収が二百ルーブルの国で、チケット代が二十ルーブルもするんだ。会場では警官や軍隊が壁を作っている。ローディーが目を離すと、関係者のふりをした男たちが機材を盗もうと近寄って来る。宿泊したホテル・コスモスは外国人専用のホテルで、ロビーにはミニスカートの娼婦がびっしりいた。みんなマフィアがからんでいるから決して手を出すんじゃないってマネージャーから厳しくお達しがあった。コンサートは大成功だった。僕のレコードはソ連では発売されていないのにだよ。なぜだかわかる？　骸骨レコードというのがあるんだ。レントゲンに使うセルロイドで作られたソノシートや、質の悪いカセットテープが闇市場に出回っていた。レニングラードではフィンランドのラジオを聴くことができる。

彼らはロックに飢えていた。お上《かみ》から承認を得たつまらないラブソングではない、本物のロックに」

そしてロイドを見た。

「きみたちの東ドイツ盤が闇市で四百ルーブル、あるいは五十ドルで売られているのも見たよ」

そこにいたスーパースターたちは言葉を発することもなく、深くうなずいた。

食後の紅茶を飲んでいる時、リッチーがみんなに語りかける。

「エンジニアにはトレイシーを呼んだ。僕がプロデューサーだ。異論は認めない。嫁さんやマネージメントにはリッチーと釣りをしていること以外何も言うな。かかわる人数が少ないほど秘密が守られる。みんなに三曲ずつ曲を提供してもらう。明日、グレッグとトレイシーが来る。ミッキーは最後の一週間だけしか時間がとれないが、作詞のほとんどは僕のストックがあるので十分だ」

「リッチー」

ロイドがおずおずときりだした。

「申し訳ないが、ポール・キャシディにちらっと話をもらしてしまった」

「ちくしょうめ、ロイド！」

リッチーは苦笑した。

「ポールは忙し過ぎるから声をかけなかった。それでなんだって？」

「なぜ僕が呼ばれないのかって文句を言われたよ。何としてでもスケジュールを調整するから、バックコーラスだけでもやらせてくれって」

「ヴィーナス＆マースのポール・キャシディがバックコーラス……悪くない」

テーブルのまわりが爆笑で包まれる。

美夏にとっては悪くないどころの話ではない。

「今晩の八時からセッションだ。みんな昼寝をしておけ」、そう言いながらリッチーは美夏に目で合図した。コテージに戻ろうと表の出口に向かっていたが、手をとられてキッチンの横から裏口に出た。領主さまの部屋に導かれると、今度はドアを閉めた。

「安心していいよ、ミカ。変なことするつもりはないから」

「変なことって？」

「ああ、ベイビー、お願いだから僕のレモンをしぼっておくれ……なんてことは言わないから」

クライウーマンの有名なヒット曲の歌詞だ。

美夏は『そうきたのね』と思ったが、ほほえみながら『なんのことかしら』というふうに首をかしげた。

ギターが五本、ホルダーに立てかけられ、ちいさなアンプとスピーカーも置かれている。

「僕たちは夜中までセッションするから、昼間はたいてい寝ている。僕が寝付くまでここにいてくれ」

リッチーはアコースティック・ギターを手に取った。

「これはまだ歌詞がついていない曲だ。日本で出会ったすてきなフォトグラファーに捧げようと思っている。タイトルもない。聴いてくれる？」

数回、弦をストロークして、アルペジオで曲を弾き始め、ルルルー、ダダダー、ルルルー、とメロディーをハミングする。

途中で何度かつっかえながら、三分ほどの曲を演奏し終えた。

「今からレコーディングするアルバムに入るの？」

「いや、これは僕のプライベートな曲だから、次に発売されるアルバムにとっておく。歌詞はその女性のことをもっとよく知ってから付ける。そのためにも僕のそばに座っておくれ」

ソファに美夏を座らせた。

ギターを床において両手で髪をなで、前髪を上げひたいに柔らかいキスをした。目を閉じると、まぶたの上をくちびるがなぞっていく。両手は髪からほほにおりてきて、ほほを包み込みながらくちびるは鼻を伝って、美夏のくちびるにたどり着いた。顔を斜めにしてため息を吐くすきさえなく、たくましい手が後頭部を支え、深く長いキスをした。

しかしリッチーの動きはそこで止まった。

「八時からのセッションで、どんな写真が撮れそうか、一緒にスタジオに入ってくれ。朝の四時ごろまでセッションは続く。だからミカも夕食まで昼寝をするといい」

えっ、これでおしまい？　男の香りにうっとりしていた美夏はあっけにとられたが、再び彼が髪にキスをしたのを機にドアに向かった。

「それから……今夜、僕のレモンをたっぷりしぼってほしい」

「ああ、あなたってやっぱりSon of a bitch、ベイビー」

三十歳を超えた美夏はうぶな少女を気どる必要などない。

コテージに戻る途中、ジーンズに包まれた内股がしっとりと湿り気を帯びているのに気がついた。下半身に軽くシャワーを浴び、浅い眠りに落ちた。

五時に目が覚めると、今度はカメラがポケットに入るように、カーキ色のチノパンを穿いた。右のポケットにカメラを、左のポケットにフィルムを三本いれ、ふくらみを隠すためにゆったりしたチュニックをはおった。

母屋に行くとすでにリッチーとロイドがギターを持って暖炉の前で音合わせをしており、彼女が来たのにも気がつかない。大きなノートに音符だかコードだかが書かれていて、それを見ながらハミングしている。

テーブルには十人分くらいの皿とフォークとスプーンがセットされていた。誰が着いたのかしらと美夏はダイニングテーブルの椅子に座り、ちょっとしたしかけを試みた。カメラのタイマーをセットしてふたりの方に向け、今来たばかりのようにゆっくりと母屋の入り口にあとずさりする。十秒後にカメラのシャッターがまばたきをしたが、そこには美夏はいない。シャッター音も消してある。

そのタイミングで、表に車が止まった。リッチーとロイドはやっと顔をあげ、美夏に気づいて「やあ」と言うと、新来のゲストを迎えに表に出た。数分して入ってきたのは、バッハを完璧に弾きこなせることでも有名なキーボード奏者のグレッグ・リバースとエンジニアのトレイシーだろう。

四人は軽く抱き合い、リッチーがテーブルの上にあったコテージの鍵をそれぞれに渡して「三十分後に食事だからな」と叫んだ。ふたりは慣れた様子でスーツケースをかかえてコテージに散って行く。夕食はレイが料理したハーブ鱒のクリーム・シチューだ。

美夏が目の前に座っているにもかかわらず、今のリッチーには彼女など眼中にない。

ミュージシャン同士で話に夢中だ。

ドラマーのジョン・ホワイトが遅れて母屋に現れた。

すでに食事に手をつけていたメンバーたちは全員立ちあがり、「ヘイ、ジョン、ウェルカム」と口々に言った。

それもそのはずだ。ジョンのいたレッド・アローズは、ヴィーナス&マースにも劣らないロック史に大きな足跡を残したバンドである。バンドは解散したが、さまざまなセッションに引っぱりだこの英国一のドラマーだ。

ロイドとリッチーが釣りあげたばかりの鱒の身はプリプリしており、こってりしたクリーム・シチューに仕上がっている。

八時ごろミュージシャンたちがスタジオに三々五々、集まって来た。まだレコーディングに至る段階ではないので、ギタリストふたりとベーシストは椅子に座って音合わせをし、ドラマーとキーボード奏者は楽器を自分仕様にセッティングしている。

美夏はベストなカメラ・アングルを考えながら彼らを見ていた。初日なので特別なことはおこらない。ギターがメロディーを奏で、ベースが時々音を外しながらもついていき、セッティングを終えたキーボードとドラムがゆっくりと加わる。その夜、曲として完成しかけたのは、多分、ロイドとレイジー・ジョージがインドで作っていた曲だったのだろう。

着いたばかりのグレッグが午睡《ごすい》をとっていなかったから早く眠くなったと、午前二時にセッションが終了した。

ラウンジに集合したメンバーにリッチーが話しかけている。

「効率よく進行させるために、明日《あす》からは午後三時に開始して、八時に夕食と休憩をとり、午後十時から三時までセッションだ。あさってからは録音機材を回し始める。シエスタはなしだ。朝食はテーブルに用意されているから食べたい者だけが食べろ。シェフはフランス料理しかつくらないからイングリッシュ・ブレクファストはない。ランチは二時になる。明日、ラインが届くからもっとスピーディーに進行させよう」

「オーライ」とか「ヤッ！」とか言いながらミュージシャンたちはスタジオを出て行く。

ミキシングルームにいた美夏のもとにリッチーがやってきて、上半身をきつく抱きしめ髪と耳にキスをした。トレイシーと言葉を交わすと、かっさらうように領主の部屋に連れて行った。

「何か飲む？」

「いいえ、あとで」と答えると、「何て言った？　何のあとで？」といたずらっぽい笑いを浮かべる。

「僕はジャック・ダニエルズを少し飲むよ」とバーカウンターにグラスをおいて、黒いラベルのボトルを傾けた。

ラジカセのボタンを押すと、クラシック音楽が流れてきた。

ソファに座ったリッチーは、「おいで」と両手を大きく開く。

「ミカ、僕は東京できみを見た瞬間から恋におちた。すぐにでもベッドに直行したかった。だけど東京にはグルーピーがいて、彼女たちが僕の部屋に入りびたっていたし、まわりにはお堅いレコード会社やプロモーターがいたから、とてもきみに声をかけられる状況ではなかった。そしてきみが撮った写真を見て、絶対に僕のものにするって決めた」

「それと同じセリフ、世界中の何百人の女に言ったの？」

リッチーはジャン＝ポール・ベルモンドのように、片手を五回振った。

「うそばっかり。五回じゃ足りないわ」

片目をつむって、もう五回振った。

美夏の両手を大きくあげさせチュニックをはぎ取った。パンツのポケットにあったカメラとフィルムケースをテーブルに置くと、くちびるを重ねたまま、器用にジッパーをおろす。タンクトップ姿になった美夏の胸にくちびるをはわせながらパンツを足首で丸めると、間髪をいれず大きな手で股間を激しくもみしだいた。口をふさがれている美夏ののどから「うっ」とうめき声が出る。

「すてきだ、ベイビー。クライ……クライ・フォー・ミー」

年齢相応に男性経験のある美夏だが、リッチーのねっとりした愛撫《あいぶ》はこれまでの最高の部類にはいる。すでに激しい息づかいで胸を上下させている彼女を、ソファにゆっくりと横たえ、ていねいに靴を脱がせ、足首にからまっているパンツを抜き取った。タンクトップとベージュのショーツで軟体動物のようになっているデルタに、リッチーが顔をうずめた。

「ミカ、ああ、なんていい匂いなんだ。シナモンの香りがする。神様が作ったプッシーだ！」

くぐもったスモーキー・ヴォイスが耳に心地よい。そのままブラジャーのホックをはずし、タンクトップごと一気に上半身のすべての布をはぎとり床に投げた。形の良い乳房が激しく揺れる。

「こんなにもおいしいフルーツを持っている女はそういないよ、ミカ、最高にエロティックだ。大好きだ！」

彼のいやらしい言葉は美夏を興奮させた。

「ああ、あなたってギターを弾くより女の体を弾く方がじょうずよ」

「なあに、まだまだ、チューニングの段階さ。イントロさえ弾いていない」

セックス中のみだらな会話はふたりをより淫乱にする。

「早く、早くあなたがほしい」

激しく求める美夏に、「僕のイントロは長いんだ」と冷酷に宣言する。

彼はまだTシャツ一枚すら脱いでいない。美夏はすでに薄あかりの下でショーツだけになり、ソファにピンで止められた昆虫の標本だ。

リッチーはやっとTシャツを脱いでソファの横に投げた。

若い男の青さではなく、成熟した大人の分厚い胸板。金色の胸毛にうっすらとおおわれている。甘い匂いに美夏はむせた。肉食のオスが発するフェロモンの香り。その胸に伸ばそうとする手は彼の両手でがっしり押さえ込まれ、そんなに簡単にオレさまの胸には触れさせないと薄笑いを浮かべて首を横に振った。その代わりだよとばかりに、やわらかいくちびるが首筋をねっとりとはい、軽くかみ、乳房におりていく。乳首にたどりつくとつぼみを捉え、両手で乳房をもみしだきながら口に含んだ。

こんな攻撃的なセックスは経験したことがない。男と女が抱き合いながら一緒に昇り詰めるのではなく、ひたすら攻め続け、胸毛にすらさわらせない。

美夏をソファの上でひざまずかせ、背後から乳房をつかみ、うなじにくちびるをはわせている。

身体をがんじがらめに押さえつけられ、さながらプロレスの技をかけられた敗者だ。ソファに膝をついたまま美夏の身体は弓なりにそりかえり、自分から何かを求めることはいっさい許されない。たくましい手のひらでたわわな乳房を背後から愛撫しながら、片手が荒々しくショーツの中に滑り込んできた。愛液がとろとろとあふれるヴァギナを激しくかき混ぜ、「ああ、ベイビー、きみの蜂蜜だ」とうめきながら濡れた指を自分の口で音をたててすすった。

ラジカセがカチっと音をたて、オートリバースなのだろう、またクラシック音楽が流れ始めた。三十分もリッチーは攻め続け、アブノーマルな快楽を楽しんでいるのだ。攻撃の手を止めない彼は、疲れというものを感じていない。すでにエクスタシーに何度もたっしている美夏は疲弊《ひへい》し、彼が背中からがっちりと支えていなければふにゃふにゃとくずれ落ちそうだ。

「どう？　僕のイントロは好き？」

「長いイントロもいいけど、ギター・ソロも好きよ」

「やっと、コンサートが始まる」と美夏をソファにまっすぐに座らせ、目の前でジーンズとブリーフを一気におろした。まるで計算されたかのように一ミリの狂いもなく、顔の前に隆起したペニスがあらわれた。とりわけ大きくもないが、両手で包みこむとそれは鋼のように硬く、四十代の男盛りを誇るように猛々《たけだけ》しくそそり立っている。

レモンを口に含んだ。

「そうさ、好きなだけ僕のレモンジュースを飲むんだ」

自分の持てるテクニックをすべてペニスに集中し、舌をはわせ、包み、ころがし、咬み、音をたててしゃぶり、じらせもする。

「ベイビー、きみも立派なビッチだ」と美夏の髪をつかんで叫んだ。やっと自由になった両手を彼の腰にまわした。みっちりと質感のある大きなたくましい尻だ。その感触は彼女をさらに淫乱にする。ペニスをのどの奥までくわえ込み、これまでどんな男にも与えたことがないほどの技巧をつくし夢中でしゃぶった。甘みのある液体が舌を刺激したが、そんなことは気にならない。

一瞬、目を上げた美夏が見たのは、クライウーマンたる所以《ゆえん》のあの顔だった。ギターの長いフレーズを弾く時に浮かべる恍惚の表情、息をとめて目を閉じ空中を見上げる――コンサートでは男をもエクスタシーに導くといわれている世界一のクライウーマンだ。

「ああ、もうがまんできない。きみのプッシーがほしい」

ジーンズから足を抜きとると、美夏をかかえあげてベッドルームに運んだ。ペイズリー柄のベッドカバーの上に横たわる彼女の最後の布切れをはぎとり、ふたりは重なり合った。

男の重みが心地よい。やさしく見おろし、「この瞬間のために僕は生きてきた」と再び自分の歌詞の一節を歌う。

「わたしのSon of a bitch、早く、早くちょうだい。あなたのすべてがほしい」

懇願する美夏に勝ち誇ったリッチーがささやく。

「言うんだ！　あなたのレモンをしぼりたい、最後の一滴までと」

恥をかなぐり捨てた美夏はその言葉をなぞった。

「リッチー、あなたの酸っぱくて甘いレモンジュースをたっぷり私に注入して！」

その言葉に満足したのか、鋼鉄のペニスがゆっくりと挿入された。

「あああぁ、あーーー」

「すてきだ、ミカ、叫べ、クライ、クライ、クライ、ベイビー。ここではどんな大きな声を出してもかまわない」

腰の下に両手を回し、彼女の体を宙に浮かしながらクライウーマンのペニスは四分音符で深く浅く、左右に上下に、まるで美夏にぴったりのサイズにつくられたかのようなそれは力強く蜜壺を掻きまぜた。

「ミカがこんなにセクシーなビッチだなんて思わなかった。もっとあえいでくれ」

灼熱のペニスはみごとなリズムをきざみながら彼女を高みに導く。

「マイ・ベイビー、一緒に天国にいこう」

十分たったのか一時間たったのか、時間の感覚は吹っ飛んでしまっている。背中と腰に手をまわして、自分の腰の動きと反対方向に美夏の体を踊らせる。これ以上続くと失神しそうな美夏を見おろして言った。

「Do you wanna see me come? ぼくがイクところを見たい？」

「イエス、イエス、ハニー、I wanna see you come! あなたがイクのを見たいわ」

みだらな言葉の応酬でふたりは一挙に頂点に昇り詰めた。

ペニスの根元が大きくふくらむのを感じたとたん、溶鉱炉のように燃えたぎるレモンジュースがなみなみとヴァギナに何度も注入される。

目を閉じてあえぐ彼女には見えなかったが、リッチーの顔はステージで何百万人もの観客が見た、クライウーマンのあの恍惚の表情だったに違いない。

精液を放出し終わったペニスは、なおもゆるやかに痙攣するヴァギナの中にあった。

荒い息を吐きながら彼は濡れた額に口をつけ、汗を舐めるように舌を動かす。

「ミカのみだらなプッシーはこれまでぼくが出あった最高のものだ。そしてきみのあえぎ声はぼくをいっそう淫乱にする」

ペニスは蜜壷で萎えるどころか、侵入してきた時の硬さを保ったままだ。

強く抱きしめ「二曲目を演奏するよ」と低い声が聞こえる。

精液が股の内側をつーっと流れる。彼は美夏の片足を持ち上げた。

「見てごらん。何て罪深いプッシーなんだ」

朦朧《もうろう》とする意識の中で、美夏の黒い陰毛とリッチーの金色の陰毛がからみあい、濡れて光っているのが見えた。彼はペニスを抜くことなく二曲目を演奏し始めた。美夏の片足を頭で支え、斜めからペニスでヴァギナを掻きまわす。両手で尻をがっしりとつかみ、自由自在に動かす。さっきとは違う場所を硬いペニスが攻撃し、彼女は絶叫した。

「オー・マイ・ゴッド！　リッチー、あなたはそのすてきなペニスで私を殺すのね」

「そうさ、僕の腕の中で、何度も天国にいってくれ！」

こんなにも甘美で深いエクスタシーに導かれたことはかつてなかった。

天国にいったまま帰ってこない二匹のケダモノたちは、満たされ、疲れ果て、足をからめあって昼までぐっすりと眠った。

シャワーの音で目が覚めた。

ベッドルームと居間に散らかった下着と服をすばやく身につけ、領主の部屋を出た。コテージに戻ると鍵をかけ、ベッドに飛び乗り、枕を抱きしめる。

彼女を深淵の恍惚に導いた男のフェロモンの匂いを洗い流すのは惜しかったが、このままではいられない。

シャワーを浴びながら、なおもヴァギナから濃い液がトロリと流れ落ちるのを感じた。

今日はダンガリーのシャツにジーンズというボーイッシュな格好にしよう。オパールのピアスが片方無くなっていた。

食堂にレイジー・ジョージとグレッグ、そしてトレイシーがいた。テーブルにはクロワッサンとジャムとバター、大きな皿にハムとソーセージとチーズ、ヨーグルトのかかったフルーツ。ポットにはコーヒーと紅茶。山盛りのイングリッシュ・ブレクファストに慣れた彼らには、物足りないであろうコンチネンタル・ブレクファストだ。

「おはよう、ミカ。時差ボケはつらいだろう。よく眠れたかい？」

レイジー・ジョージが声をかける。

「大丈夫よ。ぐっすり眠れたわ」

レイジー・ジョージが「グッド」と親指を立てた。

ここにいる三人はみんな演技もじょうずだ。

美夏はコーヒーをいれ、クロワッサンとハムやフルーツを皿にのせた。レイもサラもいないようだ。三人は口をもぐもぐさせながら専門的な話をしている。

リッチーとロイドが話をしながら入って来た。

別に美夏に目を留めるわけではない。リッチーはコーヒーを、ロイドは紅茶をつぎ、それぞれの皿にパンやフルーツを盛ってテーブルについた。

「あの若い子たちは？」

ロイドの問いかけに「ラインを受け取りにエジンバラまで行っている」

リッチーがさらりと言う。

「昨日の曲のアレンジを、今晩完成させよう」

プロデューサーでもあるリッチーの言葉に異を唱える者はいない。『いよいよ本格的に写真を撮り始めるのだ』と、思った美夏の頭にひらめいた。

ポケットからちいさなカメラを取り出して、「みんなが朝食を食べている写真を数枚撮影するけどいいかしら？」

ロイドが何かを言いたげにリッチーを見たが、「いいよ、みんな自然な表情で……カメラを見て笑ったりするんじゃない」とリッチーが言った。美夏はミュージシャンたちが静かに紅茶をすすり、パンにジャムを塗り、手振りを交《まじ》えて話しているスナップショットを数枚撮った。

そうなんだ、リッチーが求めている画像はそんなカジュアルな写真なのだ。

三時ごろ、ジャガーが帰って来た時、ミュージシャンたちはすでにスタジオにいた。売れっ子ミュージシャンがエジンバラに釣りに来られるのはせいぜい一週間だ。レイがスタジオに顔を出して申し訳なさそうに言う。

「ごめん、ラインの受け取りに時間がかかったので夕食は簡単なものでがまんしてほしい」

「ほう、ラインが届いたか」。みんな夕食よりラインの方に興味を示したが、リッチーは「夜のセッションまで待つんだ」と威厳をもって言った。「朝食が遅かったから、昼食は抜きでいい。夕食は七時にしよう」。リッチーがすべての主導権をにぎっている。

その夜、彼女は初めてラインをすすった。トレイシーが紅茶のティーバッグほどのビニール袋を持って来た。シャツの袖でミキシングボードの平らな部分を何度もこすり、ビニール袋を開けた。小麦粉のようなパウダーをクレジットカードでトントンと叩きながらならしている。舌でちょっと味見して、「一級品だ」とつぶやいた。

マッチ棒くらいの長さのラインを二十本ほど並べた。トレイシーがガラスの向こうのミュージシャンたちに合図をすると、手があいた者からひとりずつミキシングルームに入って来た。五センチほどのストローで鼻から吸い上げている。ひとりが失敗してラインをくずしてしまったが、トレイシーはまたマッチ棒を作りなおした。

リッチーが来た。今日の彼は雑誌の写真で有名ないつものクライウーマンだ。黒いゆったりしたシャツ、袖をロールアップしている。インドコットンのきなりのパンツ、ライトブラウンの髪がゆるくカーブし、美夏の頭を撫でながらラインを二本吸い上げた。

「ミカ、やってみろ」

迷いはない。リッチーからストローを受け取り、みんなの真似をして、片方の鼻穴《びこう》を指でふさぎ、思い切りコカインを吸った。

「グッガール」、リッチーは彼女の鼻の頭についているらしいコカインをひとなめして、スタジオに戻って行った。

午前三時過ぎにセッションが終わった。ミキシングルームに来たリッチーはトレイシーからビニール・バッグを一袋受け取り、もう誰に遠慮することもなく、美夏をさらって伯爵の家に戻った。

黒いシャツを脱ぎ、バスルームのランドリーボックスに投げ入れる。

「さあ、おいで」

ラジカセのボタンが押され、クラシック音楽が流れる。

昨夜、あれほど強引に美夏を攻め立てたのとは違う男がいた。美夏が求めるものを的確に知っている。ソファに座るリッチーは彼女を向かい合わせにして腿の上にのせた。彼女の両足がリッチーの腰に巻きつく。昨夜のような出し惜しみはしない。目の前に美しい金色の胸毛がある。美夏はその胸に顔をうずめた。筋肉質ではないが、ほどよく日に焼け、柔らかい産毛《うぶげ》におおわれた胸で、昨夜の狂乱のひとときを思い出して少し恥じらいだ。あれは完全にリッチーのコンサートだった。胸にほほをすりつけて、胸毛のざわざわした感触を堪能する。

彼の胸を目の前にしたすべての女は同じようにしたはずだ。彼もそうされるのに慣れている。子供をあやすように美夏の背中をとんとんとたたいた。乳首をさぐりあて、軽く歯をあてる。

「そうだ、もっと強くかんでくれ！」

早くも長く激しいギター・ソロのイントロが始まろうとしていた。十分あまり胸毛と戯《たわむ》れると、リッチーは髪を強く掴んで引き寄せ、派手な音をたてて長いキスをした。

暖炉に薪をくべるほど寒くはないが、上半身が裸のリッチーがクローゼットから黒いTシャツを二枚取り出して再び黄金の胸は隠されてしまった。もう一枚のTシャツを美夏に渡して、「シャツを脱いでこれを着るといいよ」と言う。彼に背中を向けて、遠慮深くシャツを脱ぎキャミソールになると、「こっちを向いてブラジャーをとるんだ」と命令がとんだ。

もうここまできて恥ずかしいものなど何もない。

リッチーの前でキャミソールとブラジャーをとる。

その時、彼が驚くべき言葉を発した。

「カメラを出して」

『えっ？』、美夏はジーンズのポケットからカメラを出す。もしかすると、これまでの写真は全部NGでフィルムを抜き取られるのではないかと鼓動が激しくなった。しかしご機嫌な彼の表情はそんな無慈悲な要求をするようには見えない。

「ミカ、僕は知ってるよ。きみがタイマーを使って僕たちに気づかれないようにこっそり写真を撮っていることもね」

とびきりの笑顔で言った。

——ああ、この人の目はごまかせない。

美夏は降参したと両手を軽く上げる。

「タイマーの使い方を教えてくれ。今夜は僕たちを撮ろうよ。ふたりの思い出をたっぷり残そう」

大きなTシャツをはおり、タイマーのセット方法を教えた。

コカインのせいなのか、今晩の彼はきのうよりさらに親密に、そして自然に彼女に接している。「ラインを何本か作るから」とバスルームから剃刀《かみそり》の刃を持ってきた。ビニール袋を半分ほどテーブルに開け、やがて十本のラインが並んだ。パリっとした十ドル紙幣を取り出し、ストローより少し太めにクルクルと巻く。

「ミカ、レディーファーストだ」とうながした。

身も心も、カメラさえも彼の手にある今、ノーを言える立場にはない。ストローのようにはうまくできなかったが、片方の鼻穴を強く押さえて大きく息を吸い込んだ。「セカンドライン！」、顔を上げてリッチーの目を確認すると、もう一本のラインを指している。美夏の顔を引き寄せて鼻のまわりを舐めた。慣れないことをしているので、うまくできていないのだろう。

今度はリッチーが二本ラインを吸い、「う〜ん」と唸《うな》り、十秒ほど間をおいて三本目を吸いこんだ。ふたりが吸引したコカインは媚薬のように効いてきた。

イントロは短く、軽々とかかえベッドルームに運んだ。昨日とはまったく違うセックスだ。美夏がペニスを口に含もうとすると、その手をつかんで「今日は僕の番だよ」と見おろす。ベッドのふちに腰掛けさせ、彼女の両足を突然、荒々しく四十五度に開き、蜜壺にがっしりと顔をうずめる。

あまりの驚きに息がつまり、声も出ない。クライウーマンが美夏の蜜をちゅるちゅると音をたてて吸っているのだ。

五万人の観客を、指一本で熱狂させる男が、美夏に仕《つか》え、奉仕しているのだ。そう思うと全身が細かく痙攣し、愛液がとめどなく流れ出た。リッチーの巻き毛に手を入れ、「オー、マイ・ベイビー、今夜も私を狂わせるの！」と叫んだ。多分、彼の口だけでなく、鼻やほほも愛液が濡らしているであろう。

「いい匂いだ、ミカ、なんてすてきな蜜なんだ」

リッチーはうめき、自分の頭にある美夏の手をつかんで、背中を支えながら彼女の体をベッドに倒した。そして両手でがっしりと乳房をつかみもみしだく。リッチーの舌攻めは過激で、クリトリスを甘く咬み、ヴァギナにまで舌は侵入した。それだけで何度もエクスタシーにたっした。

「こんなにおいしい蜂蜜は飲んだことがない。世界一の泉だよ、ベイビー」

美夏を見おろすリッチーは、奉仕者ではなく、むしろ征服者としての自信にあふれている。そして乱暴に彼女の腰の下に枕をおしこみ、熱く勃起したペニスをさしこんだ。昨夜と同じペニスなのに、痙攣するヴァギナの中で、それはひときわ大きく、力強く、昨夜にもまして激しく踊り狂う。最初はゆるやかなストロークから始まったが、美夏の尻をがっちりとかかえこんだリッチーのリズムは徐々に速くなる。まるでベーシストと呼吸を合わせている時のようだ。

コークの効き目なのだろうか？　エクスタシーがとめどなく襲う。快感はとぎれることなく、こんなにも乱暴に、こんなにも長時間つながっているのに痛みも疲れもない。隣の部屋でカセットテープが何往復しただろうか。

美夏はリッチーの体の上にのっていた。しかし、ここでも支配者はリッチーだった。彼女の尻をつかみ、自分の好きなリズムでのセックスしか許さない。

「ああ、ミカ、世界で一番好きだ、ぼくのレモンをしぼりとるためにできているプッシーだ！」

リッチーの呼吸が徐々に荒くなり、ストロークが速くなった。

「あなたのレモンジュースを、たっぷりちょうだい。あなたの好きなプッシーをいっぱいにしてちょうだい！」

いやらしい言葉がとびかう。

「もうギターなんか弾けなくてもいい。ミカのプッシーの中でおぼれ死にたい。ああ、ベイビー、もうイクよ。

Do you wanna see me come?」

「イエス、ハニー、私もイクわ」

昨夜よりさらに大きく、彼のペニスの付け根がぐぐっとふくらみ、溶けた鉄のようなレモンジュースがヴァギナを満たした。体をそらしたクライウーマンの美しい恍惚の表情を見ながら、腰のまわりが心地よくしびれ、やがてヴァギナが痙攣した。

荒い息が少しずつおさまると、柔らかくなったペニスをそっと引き抜いた。せんを抜いたジャック・ダニエルズのように、レモンジュースがとめどなく流れ出る。

「パーフェクトだよ。さすがに今夜はアンコールはなしだ」

ふたりは眠りに落ちるまでゆっくりと、顔、両腕、胸、腹、腰、腿、足などすべての部分を愛撫しながらアフタープレイを楽しんだ。

とろとろとした眠りについて、どれくらいの時間がたっただろう。美夏の耳に不気味な音が聞こえてきた。まるで軍隊の行進だ。ザクザクと土を強く踏み締める長靴の音、男たちが低い声で話す声。まだ夢の中にいた彼女には軍隊の行進に聞こえる。コカインの幻覚症状なのか、農家のまわりを軍隊がとり囲んでいるのか、美夏は飛び起きた。

「リッチー、軍隊が来た！」

彼は薄眼を開いたが、「何も心配はいらない、軍隊なんかじゃないよ。ブラインドをちょっと開けて見てごらん」と安心させるかのように、また目を閉じて笑った。

ブラインドを三センチくらいあげた。

家の十メートルくらい先を、二十人ほどの男たちと犬が群れをつくって行進している。

「あっ、狩猟《しゅりょう》に行く人たち？」

「そうさ、ここよりずっと奥にキツネや鳥をハンティングできる狩猟場があるらしい。時々、朝早く、狩猟に行くハンターたちが通る。昼まで寝ている僕には迷惑だけど。さあ、おいで」

美夏は彼の両腕と胸にすっぽりとおさまり、二時のランチを告げるレイの声で起こされるまで眠った。

一緒にシャワーを浴びた。バスタオルが掛けられた椅子にリッチーが置いたカメラが、水滴の中で抱き合うふたりをとらえていたのには気がつかなかった。

美夏の肩を抱いて食堂のテーブルについたリッチーは、自分の美しい獲物をみせつけるかのように「みんな、おはよう」と言った。

レイがオーブンからシェパーズパイを取り出しテーブルに置く。

ミュージシャンがスタジオに入ると、美夏はコテージに帰って下着をとり換えた。昼間は自分のヒット曲のフレーズを弾いたり、それをセッションしたりとリラックスしているが、夜の様子はまったく異なる。すでに三曲が完成した、とトレイシーが言い、「ミッキーがいつ来られるかが早く知りたい」とリッチーに催促している。

「ミッキーが本当に来るの？」

美夏もローリング・サンダーのミッキーの写真を撮るのが待ちきれない。

いつだって絵になる世界一のヴォーカリストだ。

「ロイドの曲が三曲、グレッグの曲が二曲、ジョンのドラムソロをフィーチャーした曲が一曲、リッチーの曲が三曲、それから運が良ければミッキーが一曲をもって来る。全部で十曲。ＬＰレコードにはぴったりの長さだな」。トレイシーは満足げだ。

トレイシーはすでに録音テープを回し始めており、その夜のセッションの最後に全員に聴かせた。なごやかな雰囲気で二時ごろにみんなが散って行った。

リッチーはミキシングルームに来ると、美夏に「コテージで待ってろ」とだけ言った。

コテージに戻って九本目のフィルムを入れた。すでにリッチー公認の隠し撮りにたくさん成功している。暖炉の前でギターを持ってリラックスする男たち、テーブルで譜面を見ながら顔を並べる三人のスター、パンをかじりながらドラムに見立ててテーブルをたたくドラマー、インドの民族衣装でラインをするスーパースター。

鍵のかかっていないコテージに、ギターを持ったリッチーが入って来た。

「知ってる？　僕たちのツアーは二日演奏すると、一日は休むんだよ」

ああ、そういうこと、とすぐ察した。

リッチーは声をひそめて言葉を続けた。

「ちょっとした問題がおきた。僕だけが毎晩恋人といるもんだから、ほかのメンバーたちが自分も奥さんや恋人を連れて来てもいいかい、と言い始めた。そうすると、オペレーション・カナダは成立しない。ミュージシャンの妻たちはみんなケツも軽いけど口も軽い。それで来週、二日間、みんなに休暇を出してエジンバラに行くことになった。そのあいだに、この前聴かせてあげた曲を完成させようと思っている」

ソファに深く沈みこんだリッチーがギターを弾き始めた。

この前、『日本のフォトグラファーのために作った』と言っていた曲だ。

アルペジオで美しいメロディーを奏《かな》で、つっかえることなく最後まで弾いた。

「どう思う？　ミカ？

そういえば、日本人の名前にはそれぞれ意味があるんだってね。メアリーっていうグルーピーも本名はユキ、スノウって言っていた。別の女の子はサクラ、チェリーブロッサムという名前だった」

リッチーが日本の女のことを語るのは不愉快だったが、それに嫉妬しても仕方がない。

「私の名前は美しい夏っていう意味よ。八月生まれなの」

「えっ、ミカというたったふたつの発音でビューティフル・サマーって意味になるの？」

扉の前に人の気配がし、遠慮深げにノックする。美夏がドアをあけると、ギターを持ったロイドがいる。

「ギターの音が聞こえたもんで」

リッチーが手招きすると、ロイドがコテージに入って来た。

「いいところだ。このレディのために作曲した曲に歌詞をつけているんだ。僕のカムバック・アルバムに入れようと思っている」

ロイドがリッチーのそばに座る。

「聞かせてくれ」

リッチーはポケットからビニール袋と十ドル札を出してテーブルに置き、美夏に合図した。さすがに剃刀の刃は出てこない。美夏はバッグからクレジットカードを取り出し、おぼつかない手つきでラインを作り始めた。

リッチーがさっきの曲をアルペジオで弾いた。

「もう一回」とロイドがうながすと、今度は半音を下げたロイドのギターが曲をなぞり始めた。「違う、そこはこの音だ」、「ここは、変えようよ」などとミュージシャンだけに分かる会話をしている。

ふたりは同じ時期にデビューし、良きライバルであるとともに、お互いのレコーディングやコンサートに参加し合う親友でもある。三十分ほど何回か同じメロディーを弾いた。

「ラインやろうぜ」とリッチーが言い、二本ずつラインを吸った。その時、リッチーが美夏にカメラのシャッターを切る指の動きをした。

「まさか」

ロイドが承諾しないわと考えたが、顔を寄せて熱心にギターを弾くふたりのごく自然な姿を撮った。

案の定、ロイドはちょっと神経質な表情でリッチーを見たが、「言っただろ？　僕の七十本のギターを賭けてもいいって」といつものセリフを言う。

「いや欲しいのはゴールデン・フォックスだけだ。あとの六十九本はゴミだ」とロイドは笑いながら美夏を見てうなずいた。

撮影オーケーのサインだ。

ロック・スターの写真を十年間撮影してきた美夏にとって、昨夜にもまさるエクスタシーの瞬間である。

リラックスしたふたりのスーパーギタリストが、顔を寄せ合って演奏をしている。

「いい曲だ。レコーディングには僕も呼んでほしい。メロディーを入れたカセットテープを送ってくれ」

一時間あまりのセッションを終え、ロイドは「グッナイ、ガイズ」と眠そうにコテージを出た。

ロイドを見送ったリッチーはコテージに鍵をかけ、「このままひとりになるなんていやだ」と美夏の胸に頭をこすりつけて甘えた。残りのラインをふたりで分け合い、彼の手をとってベッドルームに導いた。リッチーのジーンズを膝までおろし、ベッドの端に座らせた。彼も今から起こることを察している。

たった二日で、今、相手が何を求めているのかよめるほどひとつになった。

美夏は跪《ひざまず》いて彼のペニスを口に含んだ。両手で包みこみほほをふくらませて深く浅く、強く優しく、最高のフェラチオを提供した。美夏の髪を手にからませ、彼は低くうめいた。

「ああ、すてきだ、僕のビューティフル・サマー！」

ペニスを深くくわえ、両手でボールを刺激する。そして指は少しずつアナルに向かい、一本の指はリッチーのアナルに届く。

固く閉じられたアナルがビクリと痙攣した。

「ミカ、きみは世界で最高のビッチだ、天使の顔をしたビッチだ」

ここでは大きな声を出せないのを知っているリッチーは、ありったけのみだらな言葉を投げかける。口を封じられている美夏は、作詞家でもあるリッチーの言葉のすべてを楽しんでいる。ペニスの裏を通る大きなチューブをていねいに舐め上げると、彼女の肩に手を置いているリッチーは全身を大きくふるわせ、あの言葉をささやいた。

「オー、ベイビー、Do you wanna see me come?」

膨らんだペニスが大きく躍動すると、たちまち白い液がチューブを大量に流れた。美夏は放出された精液をゴクリとのんだが、一秒も置かずに次の強い流れが口を満たし、思わず「ああ」とうめいて口を開けた。彼はペニスを手で持つと、口から抜き取り美夏の顔とのどに塗りつけるように発射した。顔をのけぞらせて彼のレモンジュースを浴びる美夏を、いとおしげに抱きしめた。


次の夜のセッションでリッチーがみんなに報告した。

「さっきミッキーから電話があった。バハマでのレコーディングを中断して、来週の月曜日にはセッションに参加できるそうだ」

「オーライト、ミッキーが来るまでには楽曲を仕上げておかないと」

ロイドやレイジー・ジョージもうれしそうだ。

リッチーが言葉を続ける。

「コ・・・・コンコルドでロンドンまで飛んでくる」

「うぉーー、スーパースターはスケールが違う」

美夏には『スーパースターたちがスーパースター』のことで盛り上がっているのがおもしろくてたまらない。

「まだまだ、もっとすごいニュースがある」

リッチーは秘密を打ち明ける子供のように、メンバーの顔を近くに寄せた。

「ピート・サランドンも一緒に来る！」

「ヒエー！」

美夏は息をつく暇もなくシャッターを切った。四十代の男たちがこぶしをパンチングしながら最高の笑顔を見せている。ピート・サランドンはローリング・サンダーのギタリストで、ロイド、リッチーと並ぶビッグ・ネームだ。みんなが沸き立つのも無理はない。

「ただし、ふたりは三日間しかここにいられない。だからエジンバラでの休暇は残念ながらなしだ」。リッチーの宣言に何人かはがっかりしたように見えたが、それよりミッキーとピートがここに加わるということの方がビッグなニュースだ。ふたりが来るまでの二日間で、手元にある曲を完成させなければならない。

ラインが何十本も消費され、トレイシーはあわただしくミキシングボードのスイッチやボタンを操作した。

ジョン・ホワイトが長いドラムソロを演奏し、メンバーたちに「長すぎる」とか「〃モビーディック〟みたいだ」とかひやかされている。

「五曲がほぼ出来上がった」。トレイシーはふたりの若いアシスタントを呼んでいた。ミッチとライアンという感じのいい見習いたちだ。ミッキーとピートの参加の話に興奮がさめやらないメンバーは、朝の五時までセッションを続けた。さすがに疲れた男たちはうっすらと明かりがさし始めたころ、それぞれの巣に戻って行った。美夏は手首を強く握られて、領主の館に導かれた。

「ミカ、僕のレモンジュースは涸れ果てた。だけど、ひと時もきみと離れて眠るなんて考えられない」

ブラウスを脱がせ、自分のTシャツを着るように命じた。

「コークでハイになっているから寝付くのに時間がかかるかもしれない。そのあいだにすばらしい写真を撮ろう」

リッチーはテーブルの上に本を何冊か重ね、その上にカメラを置く。ファインダーを覗いて何度も位置を確認し、美夏を抱いてソファに寝ころび、彼女の顔を金色の胸毛にのせた。愛する人の汗の匂いにむせながら、美夏の股間はうずいた。だが今日はレモンジュースがないと宣告されたばかりだ。

写真を撮られ慣れている彼はカメラを操作するのもうまい。子犬のように胸毛に顔を埋《うず》める美夏を横目にタイマーのボタンをセットした。

「僕の胸でイって！」

十秒後にシャッターが開いた瞬間、金色の胸毛に包まれてエクスタシーを感じた。

下腹部に触れるリッチーのペニスがゆっくりと動いている。

「ミカ、やっぱりきみのすてきなプッシーなしでは一日もすごせない」とうめくとたちまちTシャツを脱ぎすて、美夏にソファの背もたれをつかむような姿勢をとらせた。

「なんてエロティックな尻なんだ。プッシーも乳房も口も尻も、こんなにすてきな女が僕のレモンをしぼってくれるなんて」

リッチーは前戯もなしにヴァギナに勃起したペニスに手を添えておし込んできた。すでにたっぷりの蜜で濡れているのを知っているのだ。

「きみのプッシーはいつもこんなに濡れているの？　僕たちの写真を撮っている時も、ぐしょぐしょなんだろう」

彼のサディスティックなプレイには慣れていたが、片手で乳房をもみしだき、片手でクリトリスを愛撫するリッチーの百万ドルの指技に大きな声が出る。

その声は彼の動きをいっそう荒々しくした。

バックからの挿入は新鮮でもあり、深いところでつながった。

リッチーは自分が動くことで激しく前後する美夏の体を手で支えながら、後ろから突き、こねまわし、自由自在に操《あやつ》りながら咆哮する。

いつものリッチーがそこにいた。自分のペースでセックスをリードするリッチーだ。

コカインが彼と彼女から羞恥心をすべてはぎ取っていた。

「ああ、なんて美しいビッチなんだ。僕をとろけさせる、僕を遠い星に連れて行く、ミカ、クライ、クライ、ラウダー、ラウダー」

ステージでアンコール曲を演奏するリッチーがいつも叫ぶ言葉だ。

リッチーが下半身を固く抱きしめた。緩めてまた抱きしめた。ヴァギナの一番深いところ、ほとんど子宮の入り口を突きながら叫んだ。

「おおお、ミカ、Do you wanna see me come?」

涸れ果てていたはずのレモンジュースがヴァギナに注がれた。

クライウーマンが髪を振り乱し恍惚のうめき声をあげるのを見あげながら、「ああ、リッチー、あなたは最高の男!」と最後の力をふりしぼって叫んだ。

ミッキーとピートの到着は、オペレーション・カナダの最高の瞬間だった。空港までみんなで迎えに行こうと誰かが言ったが、「そんなことをしたらすべてがバレちまう」とリッチーが押しとどめ、レイがジャガーで迎えに行った。

午後四時ごろ、フォックス・スタジオに到着したふたりは盛大な歓迎を受けた。

お互いにかたく抱き合い、少年のように喜びを爆発させた。

ミッチとライアンがギターを数本、スタジオに運び入れている。

リッチーが美夏をふたりに紹介した。

「僕の『メイプルリーフ』の写真を撮ったフォトグラファーだ。秘密は守られる。安心してくれ」とリッチーが言うと、そばにいたロイドが「きみの七十本のギターを賭けてもいいってんだろ？」とからかい、リッチーを苦笑させる。

リビングルームの暖炉の前に集まった男たちに、リッチーとミッキーがかわるがわる話をし始めた。

「みんな六〇年代のことを思い出してくれ。僕たちは若かった。そしてロックもまだ若かった。そのころ、どんな演奏をし、どんな観客がいたかを思い出すんだ」

ミッキーがちょっと説教っぽく話しかけている。

「録音機材は古く、プロデューサーやレコード会社のお偉いさんたちはロックとポップスの区別もつかなかった。だけど、僕たちやヴィーナス＆マースや、レッド・アローズが道を切り開いた。少なくとも僕は自分が道を作ったひとりだと信じている」

「その通りさ、ミッキー」

リッチーが深くうなずき、みんなも異論はない。

「あれから二十年たった。僕たちは四十代になり、今、何て言っている？『最近の若いもんはこんなくだらん音楽を聴いている』と愚痴《ぐち》っているだろ？ 僕たちもさんざんそう言われたよ。リッチーと話したんだ。あの六〇年代のようなリアルなロックを四十代になった僕たちがもう一度、再現しようよって」

リッチーが話を引き継ぐ。

「ところが僕らは、レコード会社やマネージメントとの契約でがんじがらめになっている。思い出そう、まだレコード会社も決まっていなかったころ、ちいさなクラブで朝までセッションしていた日々を。演奏はへただったし、ろくな機材もなかった。明日、どこに泊まるか、それすらわからなかった。あれから二十年たって、泊まる場所の心配をする必要はなくなった。だけど、何かを失ってしまったことに気がついた」

「本物のロックへの飢えだな」

ロイドがぽつりと言った。

「そうだ。満ち足りた僕たちは流されるまま、ツアーとレコーディングを繰り返し、歳をとっていく。歳をとるのは怖くはないが、一番怖いのは何のために僕たちはギターを弾き歌っているのかを忘れてしまうことだ。ギターはうまくなったかもしれないが、穴倉でセッションしていたころのときめきがなくなった」

リッチーは教会で説教する牧師のように、みんなをグルリと見渡した。

「あと十年もすれば僕の指が動かなくなるかもしれない。ミッキーの声が出なくなるかもしれない。スティーヴィーみたいにドラッグで死んでしまうかもしれない。それで考えた。今のタイムカプセルを作って、十年後か二十年後に開いてみんなに聴かせようって」

ミッキーが続ける。

「この困難なオペレーションを実現させてくれたリッチーには感謝の言葉もない。みんなであの輝かしい六〇年代に戻ろう。音程さえ定まらない僕の歌を支えてくれたのはリッチーのギターであり、ジョンのドラムであり、グレッグのキーボードだった。僕たちが釣りをできるのはたった三日だ。だけど、ぴんぴんに活《い》きのいい魚を釣りに来た」

ふたりの熱弁に拍手と口笛がとぶ。美夏は自分の気配を消しながら、二ロールのフィルムを使いきった。

時差ボケで眠いというミッキーとピートをコテージに送り込んだ残りの男たちはレコーディング・ルームに戻り、最後の追いこみにはいった。

食事に時間をさくのさえおしく、レイが焼き上げて皿にのせたピザをほおばりながらギターを弾きドラムを叩いていた。夜中過ぎにミッキーとピートが起きてきた。ラインを何本か消費し、ミッキーがこのために作った曲をみんなに聴かせる。

ピートが切れ味のあるギターで伴奏をつけた。

「うぉー！」、「グレイト」、「ファッキン・ナイス！」。歓声があがる。

「いいか、これらの曲は全部、ライブと同じ一発どりする。それぞれのパートを演奏して、あとでデジタル・ミックスするなんてことはしない。だから少しくらいミスがあっても音がずれてもかまわない。六〇年代の僕らがそうだったように」

そう語るリッチーはひときわりりしかった。

朝の七時までセッションが続き、リッチーは顔を横に振って、ゴメンという表情で領主の部屋にひとりで帰っていった。

無理もない。

毎日の記録をノートに書き込んで、美夏はここに来て初めてひとりで眠った。もう食事の時間も睡眠の時間もみんなバラバラになってしまい、レイはいろいろな料理を常にテーブルに並べ、みんな腹が減ったらそれらを食べ、眠くなったら眠り、スタジオをぬけ出して居間でセッションし、トレイシーのテープを聴きながらああだこうだと議論していた。

ザ・フォックスに来て十日目の午後だった。ラウンジに全員を集めてリッチーが言った。

「さあ、あと二日しかない。二日で十曲を完璧に録音してしまうんだ。荒けずりでも音がはずれていてもかまわない。こんなにもロックを愛する男たちが社会の掟《おきて》をやぶって最高のロック魂を出し切った、それで世界中をうならせよう」

リッチーが美夏に指示をした。

「ミカ、すまないがここからはスタジオを出て、ミキシングルームで撮影してくれ。わかってくれるね」

それが理解できない無神経な女ではない。

トレイシーやアシスタントたちも、高揚する気分をおさえきれない。それでも冷静にスタジオにキューをおくり、アシスタントがあわただしく楽器やケーブルを整備してまわる。

ロイド、リッチー、ピート、三人のギタリストたちが「ワン、ツー、スリー、フォー」とカウントし、トレイシーはその声も完璧にマスターテープに入れ込んだ。レイジー・ジョージのベースが太くうねり、ジョン・ホワイトのドラムが躍動した。微妙なタイミングをみはからうようにグレッグのキーボードがサウンドに厚みを加える。

ミッキーが踊りながら歌い始めた。

誰かのアルミのアタッシュケースの上に何本ものラインが並び、スタジオ内でまたたく間にみんなの鼻孔に吸いこまれ、アシスタントはひたすらクレジットカードで白い粉をたたき続けている。美夏は小ぶりの望遠レンズをつけたカメラで、ガラスの向こうで起こっているすべての瞬間にシャッターを切った。何度もラインをすすった。時間の感覚もなく、眠くなることもなく、セックスとは別の興奮に胸躍らせながら撮影を続けた。ミッキーとピートが来てからの二日間、美夏とリッチーはまるでなにごともなかったかのように他人になってしまった。

これがミュージシャンなのだということは十分理解している。

「明日が最後だ。後悔のないようにぐっすり寝ておくんだ」

朝の五時、スコットランドの朝日がのぼるころ、トレイシーがみんなに解散するようにうながした。時間を忘れて演奏に没頭するミュージシャンたちにも、さすがに疲労の色が漂《ただよ》う。

「明日は午後六時から十二時間、本当に最後の音どりをする。みんながするべきことはただひとつ、とにかく寝ろ！」

トレイシーが命令口調で叫んだ。

楽器を置いてスタジオを出るミュージシャンに代わり、ミッチとライアンが入り、電源を落としながらギターやキーボードの汗や油をふいている。

美夏のところに来たリッチーが「どう、いい写真は撮れている？」と尋ねた。

うなずく彼女の手をとって領主の部屋に導く。

「今夜は一緒にいてほしい。それだけでいい」

汗の匂いでむっとする黒いTシャツを脱ぎ、美夏にラインを作るように言った。さっとシャワーを浴び、腰にバスタオルを巻いて出て来た。十ドル札でラインを二列吸った。美夏も同じようにした。

「ミカ、この数日はかまってあげられなくてすまない」

「いいのよ、何が起こっているかわからない私じゃないわ」

「そうだね。きみの心遣いには感謝している」

「そういえば、今日の新聞にデヴィッド・シュルツとリサ・ナイトの結婚のニュースが載っていたわ。あなたとリサがつきあっていた時は、パパラッチに追いかけられて大変だったわね」

「はぁあー、とうとうデヴィッドの元《もと》におさまったか。あいつと彼女を争っていたころが懐かしいよ」

「そういえばF1ドライバーのパットと争っていた別の、なんて言った……」

「ケイトかい？」

「あのモデル、どうなったの？」

「ケイトは僕が勝ちとった。パットのトロフィーにはしなかった。やめろよ、そんな昔の話……はっはっは！」

リッチーのTシャツを着た美夏と裸のリッチーは、ベッドでやさしく体をまさぐりあいながらゆっくりと眠りに落ちていった。

目が覚めると時計の針は午後二時を指している。

あわてて起き上がる美夏をリッチーが抱きしめた。

「セッションは六時からだ。それまできみとふたりだけでここにいたい。あさってにはお別れだから……永遠に続くものなんてなにもない」

リッチーはまたも自分のヒット曲の歌詞を口ずさんだ。

「シャワーを浴びるといいよ。僕はキッチンから食べ物をとってくる」。ジーンズを穿きTシャツをかぶった。

シャワーから出ると居間のテーブルには、料理が盛られた大きな皿とドリンクのボトルが数本、紅茶のポットがのっていた。

「僕たちはすばらしい十日間を共に過ごした。だけどお互いに何も知らない。僕は解決困難な問題を抱えている。きみはフォトグラファーだってこと以外は、結婚しているかとか、恋人はいるのかとか、何にも知らない。セックスだけで結ばれている関係なら、それはそれでいいかもしれないが、僕たちはそれだけでおしまいじゃない。

　きみの指が最後のシャッターを押すまで、僕の指が最後のフレーズを弾き終わるまで、友情だか愛情だかでつながっていたい」

　リッチーの静かな口調に、美夏は胸がしめつけられる。

「あなたは結婚している。子供もいる。そして世界一のギタリスト。私は日本の無名のフォトグラファー。愛とか恋などを語れる関係ではないわ。でもあなたは私にふたつのエクスタシーをくれた。ひとつはベッドで、そして写真で」

　紅茶のカップを手に、まっすぐに美夏を見ている。

「現実は残酷だ。どんなに愛しあっていても僕たちが結婚することはないかもしれない。僕はこれが終わると四年間は音楽活動を休止する。息子は心臓の手術を受ける。ジャマイカのヒラリーは、僕の子供をイギリスで教育したいと要求している。だけど、今の僕の心はこの三十年間で一番おだやかで、満たされている。ミカという天使に会ったからだ」

「リッチー、素顔のあなたを知るまでは、世界一のギタリストってもっと傲慢《ごうまん》で、自己顕示欲のかたまりで、指一本で世界を動かせる存在だと思っていた。でもベッドのあなたも、ここで紅茶を飲むあなたも、そしてスタジオにいるあなたも、ひとりの魅力的な男だということを教えてくれた。フォトグラファーとして、女として、私を絶頂に導いてくれた。

これ以上は何も望まない。すべての問題が四年のうちに解決し、クライウーマンになってギターを聴かせてくれることを祈るばかりよ」

こんなふうに心を開いて話すのは初めてだ。

「神様っていうのはみんなに等しく幸せを与えると同時に、同じだけの試練も与える。僕は幸運にも富も名声もすばらしい友人たちも手に入れることができた。そして、それと同じだけの苦悩も得た」

リッチーはアコースティック・ギターを手に取った。

そして美夏も知っているヒット曲を歌い始めた。

――ハンド・イン・ザ・ダークネス、僕を抱いてくれ、暗闇で涙を流す僕の手を取ってほほえんでくれ、なぜきみは顔をそむけるの？

きれいなメロディーのラブソングだ。

歌い終わると涙ぐんで美夏を抱きしめた。

「世界中の誰もが、そしてきみも、これはラブソングだと思っている。この歌は僕が母について書いた曲だ。Youは恋人ではなく母なんだ」

美夏は戸惑い、くちびるで彼の涙をすすり、静かに訊いた。

「お母さまと何があったの？」

「何もない。何もないのが僕を苦しめている」

「何もないって……」

「僕には六歳年上の兄がいる。彼は僕が生まれた時には教会でオルガンを弾いていたほどの才能に恵まれていた。性格も素直で、勉強もよくでき、信心深く、両親の愛を一身《いっしん》に受けて育った。もちろん僕も兄と同じようにかわいがられて育った。

父はサザンプトン港で船の出入りを管理する会社を経営しており、生活には不自由しなかった。欲しいものはすべて手に入ったし、無邪気な子供時代を過ごした。しかし兄が十二歳で僕が六歳のころから、幼い僕の心は不安で震えるようになった。『欲しいものはすべて手に入った』、だけど母の愛は兄にのみ向けられている。兄は十一歳でイレブンプラスという試験に合格し、成績の上位者が行くグラマースクールに通っていた。

僕は兄の劣化コピーでしかないと、ある日、突然気づいた。僕に母の愛は届かなかった。僕はイレブンプラスで大した成績が残せなかったため、セカンダリー・モダン・スクールに入った。兄はすでにロンドンの大学で心理学や美術学を専攻する、母の思い描く理想の青年になっていた。一方の僕はギターを弾き、プレスリーの真似をし、不良仲間とつるんでタバコを吸い、酒を飲み、万引きをしたり女の子を共有したりする手のつけられないティーンエイジャーだった。兄が大英博物館でキュレーターの職についたころ、僕はサザンプトンのクラブでロックを演奏する、母の夢からは程遠い少年だった。母と心が通うことなどなかった。モノだけは与えられたが、愛情を感じたことはない。その苦しみがのちにロックへの衝動になった」

「ベッドルームに行きましょう」

彼の手を取って服を着たままベッドで横になった。

「あなたは世界の誰もがうらやむ成功者。神様は平等なのを知っている？　あなたは苦しんでいる、だけどその何倍もの喜びと栄光を知っている。すばらしい音楽友だち、特にロイド、彼とギターを弾いている時のあなたはこの世の幸せをすべて与えられた存在で輝いていた。

お母さまのことで苦しんでいるのは初めて知った。レイジー・ジョージが私に言ったことがあるの。『あいつはおれたちと同じように心にキズをかかえている』って。私はあなたのお母さまの代わりにはなれない。一生、愛を誓ってそばで生きることもできない。だけど信じて。あなたが天国に召される前の最後の息をするまで、心から思っている人が日本のどこかにいることを」

リッチーの数々の名曲に比べれば、何と陳腐《ちんぷ》な表現なんだろうと恥ずかしくなった。

「ミカ、白状しよう。僕は世界中の何百人という女とベッドを共にした。しかし、心を開いた女はひとりとしていない。みんなただのプッシーでしかなかった。名前も顔も覚えちゃいない。いつかも言ったけど、本物と偽物をみわける力が僕にはある。そしてきみは間違いなく本物だ。きみが僕のセックスの流儀《りゅうぎ》を好きかどうかはわからない。あれが僕のやり方だ。このすてきな天使に世界で一番高い、世界で一番強烈なエクスタシーを与えようと思っていた」

「すべてはあなたの思う通りになっているわ」

美夏は素直なスーパースターの髪をかきあげた。

「私たちの愛の十日間は明日で終わる。それからどうなるかは神様が決めること。リッチー、天国のような日々をありがとう。一生、忘れないわ、あなたも、すばらしい音楽も、とろけるような愛撫も、友情も、すべて……すべて」

夕方、ふたりは身づくろいをしてリビングルームに行った。

冷静なリッチーが絶叫する。

「オー・マイ・ゴッデス！　ポール、よく来てくれた！」

ロイドと並んでポール・キャシディが暖炉の前にくつろぎ、カセットテープから流れる曲をふたりで歌っているのだ。立ちあがろうとしたポールの上にリッチーが覆いかぶさるようにして抱きしめる。

「いつ着いたんだ？」

「ほんの三十分前さ。ロイドがリッチーはお楽しみ中だっていうから、そっとしておいてあげたのさ」

十四歳の時、日本武道館で見たあのスターがいる。

ポールは目で美夏に挨拶をした。

「ロイドから隠密作戦の話を聴いた時、僕だけ仲間外《はず》れにされているのが気にいらなくてね。リッチーの奴め、そう思うと矢もたてもたまらずエジンバラまで来てしまった」

その夜のディナーはことのほかにぎやかだった。レイが近くの酪農家から捌《さば》いたばかりの牛肉を調達してきて、とびきりおいしいステーキを焼いた。乾杯のグラスを何度も上げ、食べ、飲み、笑い、話は尽きない。美夏のカメラはスターたちの素《す》の笑顔をあますことなく記録した。

夜の八時に全員がスタジオに揃った。世界でただ一度の、世界でただひとつだけの、世紀のセッションが始まった。

ギターはリッチー・メイヤー、ロイド・パクストン、ピート・サランドン。ベースはレイジー・ジョージ、キーボードはグレッグ・リバース、ドラムはジョン・ホワイト、ヴォーカルはミッキー・ケリーとポール・キャシディ。ラインも必要ない。みんな興奮している。これ以上のノリはないほどすべては順調に運んだ。

トレイシーのキューに合わせて十曲すべてが収録された。

朝の六時、饗宴の幕が静かにおりた。

男たちは全力を出し切り、スタジオのカーペットの上に大の字になり天井を見つめ、あるいは満ち足りて目を閉じている。美夏は残った最後のフィルムでそれを撮影した。

ほほを紅潮させ、それでもプロデューサーとしての冷静さを失っていないリッチーが、ミキシングルームに入って来た。

「ありがとう。トレイシー、そしてミッチとライアン」

ていねいに礼を述べる。

「ただひとつ、心配なのは」

リッチーはマスターテープを指さす。

「十年後、二十年後にもこんなテープを再生する装置が存在しているかどうかだ」

「僕にまかせてくれ。ある時点で、つまりこういうテープがこの世の中に存在しなくなる時点で、仕方がないけどデジタル音源に変換するよ。万が一、僕に何かがあっても、誰かに引き継ぎをする。余計な心配をするな、少し寝ろ。僕こそこんなセッションに呼んでくれて感謝しているよ、リッチー」

プロデューサー、リッチーとエンジニア、トレイシーはがっちりと握手をした。

それから昼まで、そこにいたすべての人々は心地よい、束の間の眠りについた。

レイが昨日のステーキでサンドイッチを作った。ある者はテーブルで食べたが、何人かは時間がないからとビニールバッグに入れてくれるように頼んだ。

「さあ、最後の一枚だ！」

リッチーがレコーディングにかかわったすべての人間を集めた。

スタジオの表に椅子を重ねて、リッチー自らがその上に美夏のカメラを置き、何枚かの集合写真をタイマーで撮影した。みんな跳びはねたり、両手を上げたり、おかしなポーズをとったりして、大きな仕事をした喜びにあふれている。

レイの運転するジャガー、リッチーのレンジローバー、ポールのメルセデス、グレッグのレクサス、ミッチとライアンのトライアンフがエジンバラ空港に向かって出発した。サラはキッチンを片付け、美夏もコテージで荷物をまとめる作業に入った。

ジョン・ホワイトだけは、明日、出発するというのでスタジオに残ってドラムを叩いていた。

午後三時ごろ、紅茶を飲もうとキッチンに入った美夏は息をのんだ。ジョンがサラを抱きしめ乱暴に引きずっているのだ。何が起こっているかはすぐわかったが、大声をだそうとした美夏の目にはもっと衝撃的な場面が映った。

サラが後ろ手に、キッチンナイフをにぎっているのだ。

美夏はとっさにジョンの名前を甘い声で呼んだ。

「ジョン、私と楽しいことをしない？」

ありったけの媚びたほほえみを浮かべた。ジョンはあと二時間、リッチーが帰ってこないのを知っている。

恐怖に震えるサラから手をほどき、美夏のところに来て激しく肩を掴んで引き寄せた。

美夏は茫然《ぼうぜん》としているサラに目配せをして、ジョンの大きな体に抱かれた。

「おれのコテージがいい。そうすればあんたが勝手に入って来たように見える」

五時過ぎにレンジローバーとジャガーが帰って来た。エジンバラの食糧品店で、ハムやフルーツなどを調達してきたレイは、シンプルだがおいしい最後の食事を提供した。秘密を共有するサラと美夏は冷静にふるまった。ジョンもなに食わぬ顔でテーブルにつき、リッチーと話している。

その夜のリッチーの愛撫はひときわ激しかったが、ジョンに蹂躙された美夏の体はいつものように敏感に反応することはなかった。

「どうしたの、ミカ！」

「リッチー、今日はこのままそっとしておいて。あなたとの思い出がいっぱいつまったまま帰りたいの」

リッチーとの美しい日々を永遠に心と体に焼き付けて別れたかったが、すべての甘い記憶は冒涜されてしまった。

「ミカ！　僕のことが嫌いになったの？　僕をただのマザコンだって、そんなふうに思っているの？」

「違うわ、ただ、今夜はあなたの胸に抱かれて静かに眠らせて。それだけなの」

いつもはあれほどに愛液に満ちる彼女のヴァギナは乾き、リッチーがどんなに口づけし、指をさしいれ、乳房をもみしだいても、美夏はひっそりと涙を流すだけだった。

心も身体も結ばれていたふたりは突然、他人にもどってしまった。眠れないまま朝を迎えた。八時ごろだったろうか。またハンターの一群がザクザクと足音を立てて表を通り過ぎた。美夏はリッチーの胸で嗚咽《おえつ》した。ただ、別れを悲しんでいるだけではない……何かが違う、リッチーは敏感に感じとった。

東京に帰り、時差ボケから回復すると写真の現像とプリントに没頭した。カラー写真は親しい現像所に依頼し、内容はくれぐれも内密にと念をおした。全部で五十ロールもある大量のフィルムを現像し紙焼きしながら、リッチーが隠し撮りしたふたりの愛のシーンが何枚も何枚もあるのを見て、さめざめと泣いた。作業には二週間もかかった。とびきりレアで貴重なショットを五十枚Ａ４サイズに焼き、もう五十枚をキャビネ判に焼いた。リッチーとの愛のシーンは焼かなかった。

念のためにネガを複製し、フェデックス便でシャロンあてに送った。

いずれにしても、あと十年は日の目を見ない写真なのだ。二週間後、シャロンとイアンの署名付きの礼状が届き、三万ポンドの小切手が同封されていた。

五月の終わりだった。夜中の三時に電話が鳴った。「はい、佐々木です」と電話に出たが、「ミカ？　イッツ・ミー」という外国からの電話だ。

しかし、明らかにリッチーでもイアンでもない。

「わかる？　ロイドだよ、ロイド・パクストンさ。もう忘れたのかい？」

「まあ、ロイド！　どうして私の番号を知ってるの？」

「シャロンに教えてもらった。来週はどうしてる？」

「えっ、来週って。またイギリスに行く仕事があるの？」

「その反対さ。今度は僕がキョウトに行くんだ」

「ロイド、モスガーデンに瞑想に来るの？」

「それもあるけど、また音楽活動を始める決心をした。この前のセッションが刺激になった。世捨て人から現実に戻った。きみにジャケット写真を撮ってもらいたい。モスガーデンで瞑想する僕の写真を。すでに、寺の許可は得ている。今度は大きなカメラで遠慮なくカラー写真を撮ってほしい。お願いできる？」

エジンバラからあまりにも大きな負《ふ》をかかえて帰ってきた美夏にとって、これはすべてを忘れられる機会になるかもしれない。それにロイド・パクストンが復活する最初のレコード・ジャケットを撮影できるなんて、フォトグラファーとして最高の栄誉だ。

ロイドが指定した日時をメモし、「See you soon」と電話を切った。

東芳寺の「リュウショウ」という見習い僧侶を朝の六時に訪ねなさいとのことだ。撮影は参拝が始まる前、七時から八時までの一時間だけ。天候なども考慮して翌日も同じ時間に予備をとってあるという。

活動を再開したロイドには、強力なマネージャーがついたようだ。

東芳寺は京都駅からバスで一時間もかかる山奥にある。約束の朝、四時に起きて手早く身支度し、機材を持って迎えのタクシーに乗った。東芳寺の門の前に若い僧侶が立っている。多分「リュウショウ」さんだ。カメラケースを抱えてタクシーからおりた美夏にリュウショウさんは深々と頭を下げた。

「龍照と申します。遠方からお越しいただきありがとうございました。ロイドさんもお待ちかねです」

正門の横にある通用口から入ると、五月の朝日がすでに二十度の角度で上がっている。何度か訪れたことがある勝手知ったる寺だ。

「宿坊《しゅくぼう》のそばにゲストの方をお招きする特別な部屋がありますので、ご案内いたします」

普通は入れない寺の裏手の細い道を行くと、別の大きな建物が現れた。その瞬間、美夏は声をあげた。

宿坊の前で作務衣《さむえ》を着たロイドとリッチーがほほえみながら立っているのだ。

「なぜ、リッチー、なぜ、あなたが！」

寺の中なのでさすがにリッチーは美夏を人前で抱きしめることはしなかった。

彼女の機材を床におろすと、ほほをなでながら、巻き毛に包まれた顔で言った。

「ミカ、まずは僕の謝罪を受けてほしい。すべてサラから聞いた。きみの勇気に感謝するとともに、きみを傷つけてしまったことを謝りに来た」

美夏を傷つけたのはリッチーではない。

しかし、その瞬間、凍りついたままになっていたリッチーとの時間が一挙に解《と》けた。

「撮影は七時からですので、それまでこの部屋をお使いください。お茶をお持ちします」

と、龍照が四畳半の部屋に案内した。

「ミカ、きみのとっさの判断と自分を犠牲にしての行動に感謝の言葉もない。サラは自分を犯した義父をナイフで刺して鑑別所に送られるところを、僕が保証人になって救い出した少女なんだ。彼女は再び救われた。そんなきみの心を見抜けなかった僕は世界一のマヌケなギタリストだ。許してほしい」

あれは事故だったのだ。

「かわいそうなサラ。今は元気にしている?」

「ああ、とても元気だ。レイの子供を妊娠していて、ふたりは先週、結婚した」

「よかったわ。私からも手紙を書くわ」

「そうしてくれ。それから……きみの忘れもの」

小さなビニール袋に入ったオパールのピアスイヤリングを美夏の掌に握らせた。ロイドの温かいまなざしに見守られて、ふたりは初めてかたく抱き合った。

七時少し前に三人と龍照は庭に出た。作務衣のままで撮影してほしいと言う。苔むした初夏の庭で、枯山水で、池のほとりで、美夏はフィルムを交換するのももどかしく三台のカメラを駆使してロイドを撮影した。最後は縁側で瞑想するロイドの写真も撮り、八時近くになるとまた庭に出て、記念にロイドとリッチーのツーショットを撮り、そこに龍照も加わり、胸の前で両手を合わせた。美夏のイメージどおりのフォト・セッションとなった。

カメラをしまおうとした時、めがねをかけた外国人が「ちょっといいかい？」と声をかけてきた。背が高く、黒いタートルネックのセーターを着ている。

「ロイド、リッチー、こんなところで会えるなんて光栄だ。レディ、よろしければ僕も一緒のショットを数枚撮ってくれないか？」

洗練され、しかし威厳《いげん》のある若いアメリカ人は四人の顔を見まわす。

ロイドは首をかしげて『おやっ？』という表情をした。一瞬、間があったが「ノープロブレム」とロイドが言ったので、美夏はシャッターを数枚切った。

「だけど、秘密だよ、僕たちがここにいるのは」とロイドが青年に言う。彼は親指を立てて、そんなこと言われなくてもわかるよ、みたいな表情をしてその場を離れた。

龍照が言った。

「あの方も特別な許可を得て、この庭の散策を許されている方です」

「名前は？」とロイドが美夏を通じて龍照に訊ねた。

「確か、スティーブさんとおっしゃいます。スティーブ・ジョブズさんです」

その日の午前中、龍照は寺から外出許可をもらっていた。「ここから山を下《くだ》って十分のところに、参拝人のための茶屋があります。そこに行きましょう」とさそった。リッチーとロイドはアコースティック・ギターを持って宿坊から出て来た。茶屋の表はテラスになっており、赤い布がかかった長椅子が五列ほど並んでいる。バス停のすぐ前で、バスが着くたびに人気の寺を訪れる参拝客がはきだされていく。龍照は知り合いらしい店の人に声をかけてから、藤棚の下のテラスに腰かけた。ロイドがギターの弦をポロリと鳴らして龍照に「何が聴きたい？」と訊ねた。

「〝ナッシング・フォーエヴァー〟、〝スイート・ロード〟、〝ドント・クライ〟、〝ワンダフル・ライフ〟」

龍照のリクエストにリッチーが、「おいおい、最後のは僕の曲じゃないか！」と笑った。ともかくセッションが始まった。ふたりのギタリストは、こんな環境で自分たちの曲を演奏するなどという体験はこれまでなかったからだろう。次々に有名な曲、有名でない曲、他のバンドの曲も演奏し、歌った。龍照も泣かずに一緒に歌った。

通り過ぎる参拝者たちは「変なガイジンが騒いでいる」という表情で見ている。

何組かの外国人観光客が足をとめたが、「No way〜まさかね！」という表情で寺に続く道を登って行った。

お昼近く、龍照は「私のためだけに夢のような時間をいただき、ありがとうございました。これから、どのような困難苦難が待ち受けようとも、私はくじけることなく、立派な僧侶になります。今日のことは一生忘れません」と礼を言い、「ささやかなお礼です」と紫と透明の美しい数珠《じゅず》を渡した。

「これは何をするもの？」とリッチーが尋ねた。

さすがにロイドはそれが何であるかを知っている。

「私たちがほとけさまにお祈りする時に手に巻くものです」

「ロザリオのようなもの？」

「そうです」

その日の午後は、ふたりの希望で「あまり観光客のいない静かなお寺」に行きたいというので、美夏は広隆寺《こうりゅうじ》に案内した。ほの暗い霊宝殿《れいほうでん》で優雅な姿でたたずむ弥勒菩薩像《みろくぼさつぞう》を目にしたふたりは、「ほお」とため息を漏らした。

ちいさな像ではあるが、気高さと神々《こうごう》しさは感受性の強いリッチーとロイドを強く刺激した。木の椅子に腰かけ、龍照からもらった数珠を手に、ふたりは一時間あまり静かな東洋の神秘に心打たれ、ロイドは小さな声でお経を唱えもした。

モスガーデンで龍照と共に胸の前で両手を合わせるジャケットのロイドのアルバムは、それからちょうど半年後に発売された。ロイドがモスガーデンに来ていた、修行をしていた、ということを初めて知った日本のファンの驚きはひとかたではなかった。

達筆で書かれた毛筆の手紙が美夏の元に届いた。

「私は金沢に帰り、父の跡を継ぐべく修行を重ねる毎日です。あの写真のおかげで、田舎の私の寺にも音楽ファンが参拝にお見えになるようになりました。ロイド様とリッチー様に約束したように、私は立派な僧になり、人々の心を平和に導く努力をします。佐々木様から送っていただいた写真は私の宝物です。そして、もちろん、藤棚の下でのすばらしいコンサートの思い出は、いつも私を勇気づけてくれます」

それから三年半の時が流れた。

クライウーマンが『ザ・パーティー・イズ・オーバー』というアルバムでカムバックし、四年ぶりにワールド・ツアーをおこなっている。アルバムのタイトルから、世界中のクライウーマン・ファンのあいだでは、これが本当に最後のツアーだという噂が流れていた。

ホテルのスイートルームで美夏とリッチーは再会した。

「ミカ、僕の小さな宝石。一日たりともきみのことを忘れたことはなかった。そして、これからもずっと忘れることはない。ロイドが『イチゴイチエ』という言葉を教えてくれた。Once-in-a-lifetime opportunity という意味だと言っていた。

僕はその言葉に強く心動かされた。僕たちは十日のあいだ、心も体も固く結ばれた恋人同士だった。しかし、痛ましい事件がふたりをひきさいた。きみがどんなに苦しんだか、想像するだけで僕の魂はこなごなに砕け散る。

それを救ってくれたロイドには感謝している」

美夏の両手をとり、澄んだブラウンの目が彼女を見つめる。

「実は……きみも知っているように、僕はこのツアーを最後に音楽活動から完全に引退する。噂は本当だ」

「なぜ？　あなたのコンサートはこれまでどおりすばらしかったわ」

「そう言ってくれるのはうれしい。だけど、今、僕と話していてなにか気になることはないか？」

リッチーは美夏の顔を両手で包みこみ、彼女のほほに自分の鼻をこすりつけている。それはかつて十日間だけ恋人だったふたりにとって、ごく自然なしぐさだ。

「僕はもうほとんど耳が聞こえない。十年ほど前、片方の耳の聴力を失った。そして、この三年でもう片方の聴力もほぼ失った。

子供は二回、心臓の手術を受けたが、そのかいもなく亡くなった。妻とは離婚し、僕の慰謝料目当ての若い男と再婚した。

僕には失うものは何もない。

エジンバラで釣りをしながら、余生を過ごそうと思っている。

四年前にきみのために作曲した歌、それが新しい、そして最後のCDに入っている。〝サマーレイン〟という曲だ。僕ときみが作曲したことになっている」

リッチーはテーブルの上にあったCDを開いて、〝サマーレイン〟のクレジットを指さした。

「クレア・ミラー、これがミカの名前だ。この曲を僕と一緒に作曲した人物だ。永遠に正体不明の妖精みたいな人。この曲の印税の半分はきみの銀行口座に毎年、振りこまれる。弁護士がすべての手続きをするから心配はいらない。税務署には写真代と説明するといい。どれくらいになるかは僕にもわからない。インスピレーションを与えてくれたお礼と、愛の思い出への感謝だ」

二〇一七年、美夏は六十五歳になった。所属していた日本フォトグラファー協会の年金が支給され始めたのをきっかけに、仕事をきっぱりとやめた。六十歳くらいから視力が衰え、メガネやコンタクトレンズでも矯正できないほどひどい状態で、仕事を続けるのは困難になっていた。また、コンピュータで写真を加工する技術が発達し、得意としている自然と人間のハーモニーをテーマにした作品は需要がなくなった。

三十年間ずっと、彼女の口座には少なくない金額が弁護士事務所から振りこまれている。誰かが曲をカバーしたＣＤが出るたび、クライウーマンの未発表だったライブ盤が発売されるたび、世界のどこかのＤＪがラジオでかけるたび、小銭がチャリンと貯金箱に落ちていくのだ。

リッチー・メイヤーは一九九八年にスコットランドからレイキャビクに釣りに向かう途中、飛行機が離陸に失敗し亡くなった。引退していたとはいえレジェンドの悲報は世界中のメディアで大きく報道され、ロック界のビッグ・ネームたちが追悼と賛辞の言葉を贈った。

美夏もコメントを求められたが何も語らなかった。

二〇〇〇年に伝記作家がクライウーマンの伝記を関係者たちの証言集として書籍にしたが、その時も無言を貫いた。

二〇〇一年、ロイド・パクストンが癌との闘病の末、死亡。

二〇〇二年、レイジー・ジョージが入浴中に心臓マヒで死亡。

二〇〇五年、ピート・サランドンがバイク事故で死亡。

二〇〇六年、グレッグ・リバースが拳銃で自殺。長いあいだ神経性の病《やまい》と闘った末のショッキングな結末だった。

二〇〇七年、ジョン・ホワイトの家が火事になり、認知症を発症していたジョンはドラムセットを運び出そうと燃え盛る家に飛び込んで焼死。

古くからのロックファンには悲しみの連鎖と、黄金の六〇年代、七〇年代を回顧する風潮が広まった。リズムを打ち込み、薄っぺらな愛の歌を派手な衣装で歌い踊る歌手や、ラップのような歌への反発は、ロックファンに根強かった。

そのころ、どこが発信源かわからないが、『エジンバラ・テープス』というものが存在するという噂がながれ始めた。

『八〇年代に、リッチー・メイヤー、ロイド・パクストン、レイジー・ジョージ、グレッグ・リバース、ジョン・ホワイト、ミッキー・ケリー、ピート・サランドン、ポール・キャシディらのビッグ・ネームが二週間のセッションで完成させた音源がどこかに存在する……』と。

五十歳以上のファンは絶対にあり得ないと口をそろえて言う。イギリスの、いや世界の一番から五番目までのロック・ヒストリーを作ったバンドのメンバーたちが、一緒にレコーディングするなんて不可能だ。ロックを少しでも知っている人たちは誰も信じなかった。

二〇〇七年の春の夜、フェイスブックを開いた美夏は友達申請をしてきた女性の名前を見て声を出した。六十代と思われるかっぷくのいい女性のプロフィール写真、名前はシャロン・レイノルズ。申請を承認するとすぐにメッセージが届いた。

「オペレーション・カナダ。この意味がわかる？」

「エジンバラ、ハロッズのサンドイッチ、紫の髪」

美夏は震える指でキーボードをたたいた。

「合格よ、ミカ。元気？　私もすっかりおばあちゃんになったわ。すでに知っていると思うけど、あのエジンバラ・テープスがいよいよ発売されるの。数日中に正式に発表される。売り上げはすべて世界中の孤児院に寄付される。イアンは三年前に亡くなった。エジンバラ・テープスの権利を引き継いだのはレイとサラ。ふたりとも今は立派な家族をもっていて、このオペレーションの権利関係をクリアするのに奔走したわ。今こそあのテープの発売時期だと判断して、アストラ・レコードが販売を引き受けたの。写真はミカが撮ったものが使われる。リッチーがふたりに託した」

美夏はパソコンの前でほろほろと泣いた。

二〇一三年、テレビアニメ『ルルの不思議な旅』のエンディングテーマ曲に〝サマーレイン〟が使用され、クライウーマンを知らない若者たちがYoutubeで曲を聴き、CDを買ったことにより、多くのメディアがクライウーマンの業績をとり上げ褒め称えた。

『ルルの不思議な旅』は世界でも人気のアニメであり、世界の若いファンが再び〝サマーレイン〟やクライウーマンの曲を聴くというブームがおこった。

そのこともあって二〇一四年には、ほぼ十倍の金額が振りこまれた。

二〇一六年、若い著名なミュージシャンたちが結集してクライウーマン生誕七十年を祝うトリビュート・アルバムをレコーディングし、その中に〝サマーレイン〟も含まれていた。クライウーマンの名曲ばかりが詰め込まれたトリビュート・アルバムは世界中で五千万枚を売り上げ、あるいはダウンロードされた。

クレア・ミラー、その名前はリッチー・メイヤーと共に、永遠の命を得たのだ。

苔むした美しい庭に立つリッチーとロイドのパネルが飾られた都心のマンションで、美夏は金色のギターを手にとった。

リッチー・メイヤーが亡くなった数ヵ月後、ロイド・パクストンがひっそりと来日して置いていったゴールデン・フォックスだ。

涙ぐみながらこのギターを美夏に手渡したロイドも、それからほどなくしてリッチーのもとに旅立った。

自分に残された時間が少ないことを知っていたかのように。

新宿の夜景を見おろしながら〝サマーレイン〟のフレーズをゆっくりと弾く。

「リッチー、ロイド、レイジー・ジョージ、私もすぐにみんなのところに行くからね」

半年ほど前から背中に激痛が走るようになり、重いカメラケースを持っていた職業病だと納得しようとしたが、少しずつ食欲が失《う》せ、目に見えて痩せていくのを自覚していた。

この金色のキツネで五万人の観客を熱狂させた男のことを思った。

激しくも繊細な、あの指の感触をはっきりと覚えている。

三十年が過ぎた今も、美夏の耳もとでスモーキー・ヴォイスがささやく。

[Do you wanna see me come?]

水上　はるこ（みなかみ　はるこ）

元ミュージック・ライフ、Jam、ロックショウ編集長。79年からフリーランスの音楽ライター。72年にサンフランシスコに住み、ヒッピーの終焉を見届け、74年にニューヨークに住み、パンクロックの黎明期を体験する。ロンドン、ブリュッセル、パリ、モスクワなどに居住し、80年代には夏の期間、ロック・フェスティバルを追いかけながら欧州を放浪。ブルース・スプリングスティーン、ポール・マッカートニー、シド・ヴィシャスなどをインタビューした。2002年から８年間、ワシントンDCに住んでいた時期、ボブ・ディラン、ローリング・ストーンズ、オールマン・ブラザーズ・バンドなどのコンサートを鬼周回した。70年～90年代に19冊（うち５冊は翻訳）の書籍を出版。

レモンソング
金色のレスポールを弾く男

2018年10月１日　初版第１刷発行

著　者　水上はるこ
発行者　中 田 典 昭
発行所　東京図書出版
発売元　株式会社 リフレ出版
〒113-0021　東京都文京区本駒込 3-10-4
電話 (03)3823-9171　FAX 0120-41-8080
印　刷　株式会社 ブレイン

ISBN978-4-86641-175-0 C0093
Printed in Japan 2018
落丁・乱丁はお取替えいたします。

ご意見、ご感想をお寄せください。

［宛先］〒113-0021　東京都文京区本駒込 3-10-4
東京図書出版